आइना-मुआइना

(कविता संग्रह)

आइना-मुआइना

माणिक मुंडे

वाणी प्रकाशन

वाणी प्रकाशन का 'लोगो'
विख्यात चित्रकार मक़बूल फ़िदा हुसेन की
कूची से

ISBN : 978-81-8143-943-7

वाणी प्रकाशन
21-ए, दरियागंज, नयी दिल्ली-110002
द्वारा प्रकाशित

फोन : 0091#11#23273167, 23275710
फैक्स : 0091#11#23275710
ई-मेल : vaniprakashan@gmail.com
vani_prakashan@yahoo.com

प्रथम संस्करण : 2008

आवरण : माधव भान
सज्जा : निशि सिंह
द प्रेस, शाहदरा, दिल्ली-110032
द्वारा मुद्रित

मूल्य : 300.00

AINA-MUAINA
poems by : Manik Munde

रसो वै सः। रसं ह्येवायं लब्ध्वा ऽ ऽ नन्दी भवति।

तैत्तिरीय उपनिषद् के

परम सत्य सम्बन्धी

इस निवेदन में

जो रसरूप है

तथा

छलछलाती रसधार की तरह

क़तरे-क़तरे में प्रवहमान है,

उस त्रिगुणातीत तत्व के प्रति समर्पित...

◆◆◆

यह वो दौर है जिसमें लोग वही काम करना चाहते हैं जिससे फ़ायदा हो, वही बात सुनना चाहते है जिससे फ़ायदा हो, उन्हीं लोगो से मिलना चाहते हैं जिनसे फ़ायदा हो (और फ़ायदा उसे कहा जाता है जिसे बैंक में जमा कराया जा सके) बाकी के तमाम काम, तमाम बातें और सारे लोग बेकार हैं। ऐसे ज़माने में कोई मसरुफ़ इन्सान शायरी के लिए वक़्त निकाले तो यह फ़ैसला करना मुश्किल हो जाता है कि हैरत ज़्यादा है या ख़ुशी?

किसी ने रघुपति सहाय फ़िराक़ साहब से पूछा, शायरी क्या है? फ़िराक साहब ने कहा कि शिव का बदन ताण्डव करता है लेकिन होंटों पर एक हल्की-सी मुस्कान होती है। ज़िन्दगी ताण्डव कर रही है मगर उसके होंटों पर जो हल्की सी मुस्कान है वही शायरी है। मैं माणिक मुंडे साहब को मुबारकबाद देता हूँ कि उन्होंने आज की ताण्डव करती ज़िन्दगी के होंटों पर एक और मुस्कान सजा दी है।

जावेद अख़्तर

जूहू-मुम्बई
15-04-2008

निवेदन

उमड़ते-घुमड़ते सावन के मेघों से पूछो कि वे क्यों छाये हैं? रंग-बिरंगे लिबास से सज्जित मुफ़्त में सौंध के घट उँडेलते गुलज़ार के गुलों से पूछो कि उन्हें किस बात की ख़ुशी है? ऐसा क्या हुआ है? वे क्यों नाच रहे हैं? क्यों महक रहे हैं? क्या प्रेम रस में मसरूफ़ जवाँ दिलों को पता है कि उनके हृद्‌गत वह बेताबी क्या है? वह चाहत क्या है? वह धड़कन क्या है? आख़िर ये माजरा है क्या? गहराई में जायेंगे तो समझ में आ जायेगा कि यह और कुछ नहीं है सिवाय ख़ुमार और एक दीवानगी के। पर जीने के झंझावात में यह बोध धुँधला हो जाता है।

इस जगत् के एक श्रेष्ठ मनीषी आचार्य रजनीश (ओशो) के अन्दाज़ में इसका वर्णन कुछ ऐसा होगा, बाँसुरी से सुर निकलते हैं, पर वे बाँसुरी के नहीं होते; होते तो उसी के हैं, जिसके होंटों पर बाँसुरी है। बाँसुरी का अपना कोई गीत नहीं, उसका कोई इन्तख़ाब नहीं। बाँसुरी तो सुरों को रास्ता देने का काम करती है। एक फ़साना जो इस तत्व से गहरा ताल्लुक रखता है, उसे यहाँ दोहराना मैं तर्कसंगत समझता हूँ। कहानी कहती है—अध्यापक को कक्षा में एक कविता पढ़ाने में कठिनाई होती थी। कविता थी भी बड़ी दुर्बोध। पूरी मशक़्क़त के बावजूद उसका ठीक से रस ग्रहण नहीं हो पा रहा था। संयोग से कवि स्वयं उस रोज़ विद्यालय में पध ारे थे। मुअल्लिम महाशय को बेहद ख़ुशी हुई। अवरार पा कर उन्होंने उस रचनाकार से उन पद्य पंक्तियों का अर्थ स्पष्ट करने की गुज़ारिश की। कवि ने विनम्रता से जवाब दिया कि हक़ीक़त में उन रचनाओं का अर्थ पूरी दुनिया में मात्र दो ही लोग जानते हैं। अध्यापक ने सोचा—चलो ठीक, दूसरा चाहे कोई भी हो, चाहे हो या न भी हो, ये सज्जन तो उसके रचयिता हैं, ये तो उन दोनों में से एक होने ही चाहिएँ। कवि के उत्तर का परार्द्ध चौंका देने वाला था। उन्होंने कहा, ''देखिए, दोनों में से एक तो परमात्मा हैं और दूसरा मैं था। पर मैं तो अब भूल चुका हूँ। जब कविता उतरी थी, तभी तो एक छलाँग भरी थी। मैं किसी दूसरी दुनिया में जा पहुँचा था। क्या पता, किस लोक से वह आलोक आया था! मैंने तो उसे ज्यों-का-त्यों काग़ज़ पर ढलने दिया। तब शायद मैं उसका मतलब भी जानता था पर अब कुछ याद नहीं। किसी क्षण किसी झरोखे के पास बैठ जाते हैं, झरोखा खुल जाता है। किरणें अन्दर आ जाती हैं। उन्हें शब्दों में बाँध देने से कविता बन जाती है। कविता तो बेख़ुदी में उद्‌गीर्ण सहजरम्य आविष्कार

है। नशा उतर गया, बात ख़त्म।''

प्रस्तुत पुस्तक के बारे में मैं महज़ इतना ही कहना चाहूँगा कि ज़ेहन में कोई कल्पना की तरंग उठी। लिखने का मन हुआ, सो लिख डाला। आज उसकी परिचर्चा करना, पुनर्व्याख्या करना या अतिरिक्त अभिप्राय लिखना ग़ैरमुनासिब होगा।

प्रत्येक कविता एक स्वतन्त्र एहसास होती है। हर कविता एक स्वतन्त्र विचार होती है। शब्द तो उन्हें प्रकट करने का माध्यम मात्र है। शब्दों की तथा भाषा की अपनी मर्यादाएँ हैं। एहसास की गहराई तक शब्द पहुँच नहीं सकते। अनुभव जो भावबोधक जो महसूस करेगा, सुनने वाला निश्चित ही उसकी कल्पना कर सकता है, पर सुन कर उसी अनुभव का एहसास होना असम्भव है। शक्कर कहने से शक्कर की कल्पना तो आ जाती है, परन्तु शब्द सुन कर मिठास चखने का सुख नहीं मिल सकता।

इस काव्य-संकलन को पूरा करने में कवि डॉ. वागीश सारस्वत, उबैद आज़म आज़मी, माणिक गुट्टे, महेन्द्र लांजेकर, स्टीवर्ट डीसूज़ा, डॉ. अनिल पाटील, ओंकार ठाकुर तथा कृष्णा कोत्तावार का योगदान महत्त्वपूर्ण है। इनके अलावा जिन्होंने प्रत्यक्ष और परोक्ष रूप से इस प्रयास को सफल बनाने में यथासम्भव मदद की, उन सभी के प्रति तहेदिल से आभार प्रकट करता हूँ। उपयुक्त सुझाव व दिशा-दर्शन के लिए एस. एस. सन्धू साहब का मैं विशेष रूप से अनुगृहीत हूँ।

—माणिक मुंडे

बात बात में बड़ी बात...

माणिक मुंडे जितने ज़िम्मेदार सरकारी अफ़सर हैं, उतने ही बेदार और ख़ूबसूरत ज़ेहन रखनेवाले शायर भी। वे मराठी में भी लिखते हैं और हिन्दी में भी। वे सिर्फ़ मुँह का ज़ायका बदलने के लिए शायरी नहीं करते, बल्कि उनके पास एक वैचारिक अधिष्ठान है। एक ज़ाविया-ए-नज़र है। उनकी रचनाएँ एक नाकाम शायर की शायरी नहीं बल्कि एक संजीदा और सुलझा हुआ, ज़ेहन रखनेवाले शायर की रचनाएँ हैं।

मुंडे जी बात-बात में बड़ी बात कह जाते हैं। यह उनका स्टाइल भी है और ख़ूबी भी। शायद, अच्छा शायर ऐसे ही शायर को कहा जाता है। वे सिर्फ़ शायरी में ही नहीं, बल्कि आम ज़िन्दगी में भी एक ख़ास रख-रखाव के क़ायल हैं। उनका यह स्वभाव, यह मिज़ाज यक़ीनन इस मिट्टी की देन है जिसे हम महाराष्ट्र की मिट्टी कहते हैं, महाराष्ट्र की सरज़मीन को सलाम कि जहाँ से इतना अच्छा इन्सान और इतना अच्छा शायर उभर कर भारत की शान बढ़ा रहा है। एक ज़िम्मेदार सरकारी अफ़सर होने की वजह से, माणिक मुंडे साहब की एक मजबूरी यह भी है, कि वो ग़ैर-ज़िम्मेदाराना बयान नहीं दे सकते। उनके मिज़ाज की सच्चाई जगह-जगह उनकी कविताओं में देखने को मिलती है। उनकी शायरी ग़ालिब की तरह ज़रा मुश्किल तो है, मगर थोड़ी-सी कोशिश के बाद जो मोती हाथ आते हैं, वो वाकयातन नायाब होते हैं। और मेहनत वसूल हो जाती है।

अपने लिखे को पत्थर की लकीर माननेवाले हज़ारों मिल जायेंगे, मगर ग़ालिब जैसे फ़नकार बहुत कम मिलते हैं जो अपने कहे को, अपने लिखे को रद्द करने का हौसला रखते हों। माणिकजी ने भी ग़ालिब के नक्शे-क़दम पर चलते हुए अपनी उन कविताओं को सख़्ती के साथ रद्द कर दिया जो उनके या किताब के मिज़ाज से मेल नहीं खा रही थीं। इस किताब के पढ़ने वाले भाग्यशाली हैं कि उन्हें एक अच्छे फ़नकार की चुनी हुई बहुत सारी कविताएँ एक साथ पढ़ने को मिल रही हैं, ग़ालिब को हम पढ़ चुके हैं अब माणिक को पढ़ेंगे। ग़ालिब और माणिक में दो बातें एक जैसी नज़र आती हैं, एक कविताओं का कड़ा इन्तख़ाब और दूसरा कठिन शब्दों का ख़ूबसूरत प्रयोग।

मुंडे साहब की कविताओं में जहाँ एक तरफ़ दिल की धड़कनें सुनाई देती हैं, वहीं दूसरी तरफ़ आनेवाले युग की समस्याएँ और दिशाएँ भी नज़र आती हैं। उनका दिमाग़ एक फ़िलॉसोफ़र का दिमाग़ है। शायद इसीलिए वो बड़ी-बड़ी बातें चन्द लफ़्ज़ों में और दिल को

छू लेनेवाले अन्दाज़ में कामयाबी से कह जाते हैं। शायरी पर उनकी इस तरह मज़बूत गिरफ़्त से, अन्दाज़ा होता है कि उन्होंने इस फ़न पर क़ाबू पाने के लिए बड़ी मेहनत की है। और कहा जाता है कि मेहनत कभी ज़ाया नहीं जाती।

माणिक मुंडे साहब की जिन कविताओं ने अधिक प्रभावित किया वो हैं, ऐसा क्यों होता है, ये दुनिया बड़ी सुन्दर है, मुसाफ़िर, सादगी, तू छोड़ ईर्ष्या, फ़ासला ज़रूरी है, तेरी मर्ज़ी, मैं तो सुध में नहीं था, शैतान, हम तो कुछ भी करेगा, शिखर, संगति, रहस्य से रहस्य की ओर। इन कविताओं को पढ़ कर माणिक जी की लेखन शैली, ख़यालों का फैलाव, विचारों को फैला कर उन्हें समेटने का हुनर आदि विशेषताओं से हम परिचित होते हैं।

मुझे पूरी उम्मीद है कि माणिकजी के इस आइना-मुआइना को कद्र की निगाह से देखा जायेगा। यह किताब भारतीय साहित्य में एक ख़ूबसूरत इज़ाफ़े का सबब भी होगी। मैं ज़ाती तौर पर मुतमइन हूँ।

मुम्बई **उबैद आज़म आज़मी**

29.04.2008

मिट्टी से जुड़ी कविताएँ...

यह कविता संग्रह मिट्टी से जुड़ी भावनाओं को सही मायने में बयान करता है। वैसे तो कविता पहले मन में उभरती है तदुपरान्त काग़ज़ पर उतरती है। इसलिए इसे कोरे शब्द समझने की ग़लती न करें। एरिस्टोटल ने कहा है कि हर कवि ज़िन्दगी भर अपनी रचनाओं द्वारा एक ही प्रश्न का उत्तर खोजता है, और वह अहम प्रश्न है कि इन्सान के हिस्से में इतना दुख क्यों आता है? यह तलाश ही कविता का बुनियादी अधिष्ठान है।

आज के माहौल में संस्कृति की हिफ़ाज़त एवं संवर्धन एक कठिन चुनौती है। वास्तव में मानव का मानवीकरण यानी संस्कृति। दुर्भाग्य से आज घर का आँगन चला गया, तौर-तरीके विदेशी बन गये, बाबुल का नैहर भी छूट गया। ऐसे हाल में जीवन से बँधा हुआ काव्य ही 'सत्यम् शिवम् सुन्दरम्' की आराधना है। तब शब्द हथियार नहीं, बल्कि पूजा का उपकरण बन जाते हैं। 'आइना-मुआइना' पढ़ने के बाद यह प्रतीत होता है कि बग़ीचे में खिलनेवाले सलील फूलों की सुगन्ध दुकान में मिलनेवाले इत्र से कई गुना फुर्तीली, पवित्र और ख़ुशबूदार है। कविता कैसी है इससे भी कविता का अधिष्ठान क्या है यह ज़्यादा महत्वपूर्ण है।

सही कविता पहले एक सार्थक वक्तव्य होती है। शब्द के पीछे की भावुक बुद्धि, अदम्य मानव निष्ठा, शुद्ध प्रत्यय और शुभ दर्शनातुर आँखें इन कविताओं का महत्त्वपूर्ण अधिष्ठान हैं। ये कविताएँ जीवन तथा तजरुबे से जुड़ी हैं इसलिए मुझे अच्छी लगती हैं और इसीलिए मुझे पसन्द हैं। इस पुस्तक का मुख्य रस जीवन रस है। कविताएँ हृदय को छू लेती हैं। फिर ध्यान में आता है कि दूसरों के पंख उधार ले कर आसमान में उड़ना तो असम्भव है।

पदमभूषण न्या. चन्द्रशेखर धर्माधिकारी
भूतपूर्व न्यायाधीश, मुम्बई उच्च न्यायालय

7-ए, जेनरल भोसले मार्ग,
मुम्बई—400021

अनुक्रम

•

शिखर है आ कर ख़त्म यहाँ पर यह अन्तिम ऊँचाई है
अगला पाँव कहाँ रक्खूँ? आगे आँकर खाई है

ऐसा क्यों होता है?

दुखान्तिका परदे पे होती है
दर्शक की आँखें भर आती हैं
कैसी अद्‌भुत शक्ति है?
इसी का नाम है
अद्वैत!
दूसरे जीव के लिए टूटने-पिघलने वाला जीव ही
हमारे भीतर का शिव है
और
जीव-शिव के तादात्म्य में झलकता है अद्वैत
अपितु,
यहाँ अकसर द्वैत का ही अनुभव होता है
इस जहाँ में
जीव ही जीव का बैरी बन जाता है
ऐसा क्यों होता है?

यह उसका पीहर नहीं
इस किनारे पे अजनबी है आदमी
यहाँ घर बनता नहीं
ऐसा नहीं की आदमी यह जानता नहीं
बना उसे बिगड़ जाना है
यहाँ जो भी पाया यहीं पर गँवाना है
जीवलोक तो बुदबुदे हैं ऊर्जा के
बाऊ[1] पी कर फट जायेंगे
उम्मीदों के हुलाल[2] हिलकी में टूट जायेंगे

---

1. पवन, हवा। 2. तरंग।

मूढ़ अपनी भंगुरता को भूल जाता है
ऐसा क्यों होता है?

तत्त्वमसि
त्वं तदसि
त्वं ब्रह्मासि
अहं ब्रह्मास्मि
सब एक ही की अभिव्यक्ति है
एक का ही विस्तार है
फिर क्यों ये तक़रार है?
यहाँ आग का प्रतिद्वन्द्वी जल है
धूप का प्रतिपक्ष छाँव है
विराट में रोग है तो दवा भी है
गैस नाम से जलने वाली हवा भी है
खोजी को तो खोजना है
किस ख़ाने में क्या छिपा है?
किस में क्या मिलाने से क्या मिलता है?
बीज को कब-कहाँ-कैसे बोने से फूल खिलता है?
अन्वेषण का मतलब कुल इतना है
पर 'मैंने बनाया' यह अहं कितना है!
बेख़बर अपने ही दम्भ में जीता है
ऐसा क्यों होता है?

औरों का चरित्र लिखने वाले
क्या स्वतः को जानते हैं?
स्वरूप को जो जानते हैं
वही जहाँदीदा[1] बनते हैं
किसी दरख़्त को आसमान के तारों को चूमना हो तो
जड़ें पाताल तक पहुँचानी होंगी
थाव की गहराई नाप लेनी होगी
पूर्व परिपाटी छोड़ देनी होगी
शब्दों के आगे कुछ जाना नहीं

1. जिसने संसार को देखा-परखा हो, अनुभवी।

किंवदन्ति को ही माना सही
आडम्बर ऐसा कि वही एकमात्र ज्ञाता है
ऐसा क्यों होता है?

पदार्थ का तत्त्व एक
सबका प्राणवायु 'ओ टू' है
अग्नि का धरम है जलना
उसे सम्प्रदाय से क्या वास्ता?
वह तो किसी को भी जला देगी
आँच तो पत्थर को भी रुला देगी
ज़हर को आज़मा कर देखो
क्या वह कोई पक्षपात करता है?
साधु पर रहम और असाधु पर क़हर बरसाता है?
आतप किसी धरम को नहीं जानता
छाँव अपना-पराया नहीं मानती
फिर धर्म की इतनी दुकानें क्यों बढ़ गयीं?
धर्मोन्माद की मय कैसे चढ़ गयी?
नई सदी का दावेदार भी सम्प्रदाय की नहर में बह जाता है
ऐसा क्यों होता है?

विज्ञान चाहे जितना भी जान ले
रहस्य कभी ख़त्म नहीं होगा
सीमित को असीम कैसे हज़म होगा?
वह तो व्यक्ति नहीं
कि नुमाइशगाह जा कर मिल आये
प्रयोगशाला की शीशी में
भर कर उसे घर लायें
नाम जान लिया तो क्या सब जान लिया?
यह तो यूँ हुआ—
एक अन्धे ने कहा और
दूसरे ने मान लिया!
नहीं... नहीं...
वह मन की गिरफ़्त में नहीं आता

कतवार[1] में अनमोल मिल नहीं जाता
रोशनी को सन्दूक में भरें कैसे?
उसकी सुगन्ध का वर्णन करें कैसे?
जमाना तो पाखण्ड को भी परमात्मा मान लेता है
ऐसा क्यों होता है?

सामान्य तत्व से विपरीत घटना को
'चमत्कार' के नाम से जानते हैं
परिखा[2] में उतरे बिना
बेवकूफ़ उसे प्रभु का प्रसाद मानते हैं
इसी कमज़ोरी के एतदर्थ
मन कमज़ोर बनते हैं
इन्हों ने तो स्रष्टा को मदारी ही बना दिया है
जो चमत्कारों के खेल करे
इन भिखमंगों के इशारों पे
दर-दर भीख माँगता फिरे
पण्डित उसी का प्रलोभन दिखा कर शोषण कर लेता है
ऐसा क्यों होता है?

---

1. कूड़ा करकट। 2. गहराई।

कल्प नया कल्पना नयी

सूरज का उदय साँझ की ख़बर देता है
पश्चिम के पहलू में रात बिता कर
पुरवैया की लाली में
परिख्यात[1] का जन्म होता है

भोर की सुकुमार किरणें
रग-रग में ऊर्जा भर देती हैं
ऊँचाइयों की तलाश में
उमंगे आकाश में उड़ान लेती है

हर सुबह का रुख़ ऐसा कि
भूतकाल में कुछ हुआ ही नहीं
गुरूर ऐसा दिखाती है
जैसे पराजय ने कभी छुआ ही नहीं

उजाला उम्मीद की उक्ति है
प्रकाश तब तक है
जब तक ज्योति है
प्रकाश का अभाव अँधेरा है
हर रात का अन्त ही सवेरा है

चलो, जल्द सो जायें
कल के सपनों को आना है
बीते कल की चोंट भूल कर

---

1. जिसका यश बहुत ज्यादा फैला हो।

आने वाले कल का
ख़्वाब सजाना है
शब तो ख़्वाबों के बीज बोने को है
रोज़ मेहनत की फ़सल उगाने को है
शबोरोज़ की साझेदारी
कामयाबी का उत्सव मनाने को है

रात-दिन के सिलसिलों में
ज़माने बदल जाते हैं
पूर्वानुभव के पल
नौवारिद[1] के कनहार कहलाते हैं

दुनिया जो है वही है
पर जो कल थी आज नहीं है
पल आ रहा है
पल जा रहा है
पल-पल कुछ हो रहा है
प्रभात के आलोक से उछलनेवाला
रजनी के बिछौने पर सो रहा है

क्षीर का बन जाता है दधि
उसके निवर्तन का उपाय नहीं
बीत गयी सो बात गयी
इस जगत् की रीत है
कल्प नया कल्पना नयी।

1. नया, नवीन।

यह दुनिया बड़ी सुन्दर है

तारापुंज में चमक है
फुलवारी में महक है
गाता-गुनगुनाता प्रभंजन
उछलता-कूदता समन्दर है
ये दुनिया बड़ी सुन्दर है

बादल गरजते हैं
होती है बारिश
परिन्दों की कूजन
करती है गुज़ारिश
रिमझिम गीत है
भीगी है भीगी हरियाली
उत्सव है जश्न है
ख़ुशहाली है ख़ुशहाली
कण-कण के भीतर
गुंजन है गीत है
प्रकृति की फ़ितरत में
नाद है संगीत है
महसूस कर ले ख़ुशी
जो कुदरत के अन्दर है
यह दुनिया बड़ी सुन्दर है

पत्ता-पत्ता डोल रहा है
हर पत्ते में धड़कन है
नृत्यातुर मंच है सारा

पैर-पैर में थिरकन है
खेल-खेल में खेल खेलते
गीत खेल के गाता जा
इस रंग में तू ऐसे रँग जा
रंगारंग तू होता जा
झड़ते पत्तों को किसी ने
क्या रोते हुए भी देखा है?
क्या मुरझाते फूलों को
आँख भिगोते देखा है?
भीतर भाई झाँक ज़रा
ज़र[1] जो तेरे अन्दर है
यह दुनिया बड़ी सुन्दर है

जाने से क्यों डरते हो?
लौट के वापस आना है
रूप बदलती इस नगरी में
किरदार बदल जाना है
फ़िज़ूल की चिन्ताओं को
नज़दीक न आने दो
भीतर के चैतन्य को
मुफ़्त में न खोने दो
मायूस क्यों बैठे हो भाई?
रोना-धोना छोड़ दो
स्वागत करो रोशनी का
सर्व से नाता जोड़ दो
ऊपर की ओर देखो ज़रा
आशामय जो अम्बर है
ये दुनिया बड़ी सुन्दर है।

1 धन, संपत्ति।

अनगढ़ पत्थर

क्या मालूम...!
नियति ने माथे पर क्या लिखा है?
भविष्य के कोश में क्या रखा है?
उपल[1] गढ़ने से पूर्व
होती हैं सभी सम्भावनाएँ शेष
प्रसूति पश्चात ही पता चले
कलल[2] में क्या छिपा था विशेष

मन्दिर की सीढ़ी बने
या बने नींव का पत्थर
वास्तु कलश में लग जाये
या अचल पड़ा रहे कानन के अन्दर
मूर्ति का अवतरण तो असम्भव है
जब तक कि
शिल्पकार की पारखी नज़र को न भाये
अप्रकट मूर्ति की पुकार
सुग्राही कानों में गूँज न जाये

तराश कर प्रतिमा अनावृत होती है
अश्म[3] में आत्मा आरोपित होती है
रूपान्तरण जैसे ही हुआ
भेस जैसे ही बदला
भक्तों की क़तारें लग जाती हैं
धूल-काँटों में जो पड़ा था

1. पत्थर। 2. गर्भाशय। 3. पत्थर का बना हुआ।

उसी की वन्दना होती है
महरूम[1] जो सोपान और सीढ़ियाँ बने
उन्हें तो लात प्रहार सहना होगा
प्रारब्ध से जो श्रेणी मिली
उसी में अनुगृहीत रहना होगा

अनगढ़ का भविष्य तो
गहन रहस्य है
क्या पता...
उसे यात्रा में क्या उपहार मिलेगा?
भाग्य का द्वार कब खुलेगा?

अनगढ़ हो कर भी जो पूजे जाते हैं
उन्हें कादिर[2] कहते हैं
अकस्मात पारस हाथ लग जाये
उसे तकदीर कहते हैं।

---

1. अभागा, वंचित। 2. भाग्यवान।

संगति

खेल तुम खेल रहे हो
हार-जीत तो होनी है
नतीजे की फ़िक्र छोड़ो
होड़ में हिस्सा ले लो
खेल, खेलने के लिए खेलो

अधोरेखा का आशय समझ जाओ
जीवन का रुतबा पहचान जाओ
एक ही सूत्र का स्मरण रहे कि
सन्तोष से जी लेना है
जो होता है उसी से राज़ी होना है

हार कर भी हँसता रहे
उसे कोई नहीं हरा सकता
कीचड़ में भी खिलता रहे
उसे कोई नहीं रौन्द सकता
सन्तुलन में जियेंगे
तो मोती चुग पायेंगे
राज़ी रहने की राह चुनो
पाया उसी से तुष्ट बनो
इसी सूत्र का स्मरण रहे कि
सन्तोष से जी लेना है
जो होता है उसी से राज़ी होना है

टेढ़ी चाल क्यों चलते हो?
शीर्षासन क्यों करते हो?
समग्र से संगति कर लो
संघर्ष को दूर भगा दो
अकड़ पालने से विवश रहोगे
विरोध करोगे तो चोट खाओगे
विनम्रता से झुकोगे तो
जीवन सरिता का अमृत चखोगे
कुदरत से मुतमइन होना है
फिर सूत्र का स्मरण रहे कि
सन्तोष से जी लेना है
जो होता है उसी से राज़ी होना है

कितनी भी ऊँची उड़ान भरो
किसी भी जहाज़ से सफ़र करो
पूर्ण से बाहर नहीं जा सकते
अविश्रान्त आत्माएँ विश्राम नहीं पा सकतीं
तुम्हारा हुक्म समय पर चलता नहीं
तुम्हारी मरज़ी से होनी कभी टलती नहीं
दुनिया को बदलना नामुमकिन है
तुम्हें स्वयं को बदल लेना है
सदा यही स्मरण रहे कि
सन्तोष से जी लेना है
जो होता है उसी से राज़ी होना है

विवशता की एक ही भेषज है
घोषणा करो—राज़ी है!
सफलता मिली—राज़ी है!
विफल हुए—राज़ी है!
धूप निकली—राज़ी है!
बादल छाये—राज़ी है!
बिजली कौंधी—राज़ी है!
आँधी आयी—राज़ी है!

चीज़ खोयी—राज़ी है!
कुत्ते भौंके—राज़ी है!
गँवाये मौके—राज़ी है!
कुछ हो चुका—राज़ी है!
कुछ भी न हुआ—राज़ी है!
हर स्थिति में राज़ी है!
फिर कहाँ नाराज़गी है?

पुरानी है तो सही है

एक पुराना मशविरा है...
माशूक़ा को पकड़ लो कमर में
आबेसुर्ख़[1] की शीशी गरदन में
ढीली पकड़ छूट न जाये!
हमनशीं कहीं रूठ न जाये!

मदिरा आलम के अब्बा जान
देवदास साहब को आदाब!
इश्क़-मय[2] की दीवानगी
बेमिसाल-सी वह लगन
इसी दवा से हुआ था
दर्द-ए-जुदाई का दमन
उन्हें याद फ़रमा के 'चिऽअर्स' बोल
और कितना सब्र करूँ?
खोल, जल्दी से ढक्कन खोल!

पूरे चार हफ़्ते तलक...
मैक़दे से ताल्लुक तोड़ने वाला कमाल
अपनी ही तारीफ़ करते हुए बोला
मरहबा! मरहबा!!
यार, तूने तो कमाल कर दिया
दारू को सदा के लिए छोड़ दिया?
कमाल, तू कमाल का लगता है
दारू से दूर क्यों भागता है

---

1. शराब। 2. प्रेम-शराब।

उठा ले जाम तुष्ट कर ले जी
पी ले ऽ...आज दुगनी पी!

ये रैन कुँवारी है
दिल की ख़्वाहिश पूरी कर लेंगे
माँ क़सम!
आज सारी बोतलें ख़ाली कर देंगे

बिजली चमकी उन्माद से घटा गरजने लगी
रिमझिम बारिश, ज़र्रे-ज़र्रे में कशमकश होने लगी

मदिरामृत का क़तरा प्रपात कदक[1] में होने लगा
हिमखण्डों का साज़ आन्दोलित हो कर
नग़मा ख़ुशी का गाने लगा

रोआँ-रोआँ खिल उठा
लब पर सुरूर छाने लगा
मधुशाला के स्नातको...
आहिस्ता...! भाई... आहिस्ता!!
कोई साक़ी गाने लगा

जाम ख़ाली होते हैं
प्यास तो फिर भी बढ़ती है
मदिरा के भीतर की प्रज्ञा
मद्य पण्डित की रूह पे चढ़ती है

मदिरा अगर मीठी होती तो क्या होता?
मिठाइयों की दुकानों में गहन अकाल पड़ जाता

मद्य के इस मन्दिर को दुकान कहना अपराध है
अस्मिता पे वार करने वालो
मयकशों की उलफ़त पे तुम्हें क्या एतराज़ है?

---

1. मधुपात्र।

ख़याल बदल गये पर पसन्द तो वही है
सारी दुनिया की राय एक है
बस! 'पुरानी है तो सही है'

समता और आसव का आपस में गहरा ताल्लुक है
बच्चनजी की नज़र में
ईशान[1] मुल्क और मज़हब मैक़दे में एक हैं

करामात का इनाम सच्चे हक़दार को जाना चाहिए
विश्व-शान्ति का नोबेल तो मद्य सम्राट को देना चाहिए।

---

1. ईश्वर।

मेरे क़दमों को रोक दो

किस मंज़िल की तलाश है?
क्या ढूँढ रहे हैं क़दम?
चोटी को तो छू लिया
क्या सूँघ रहे हैं क़दम
मेदुर[1] राहों पे
फिसल न जायें देख लो
ऐ मेरे विवेक ज़रा
क़दमों को मेरे रोक दो

क़दम-क़दम चलते हैं क़दम
बेहोशी का दौर है
चलने के लिलोही पैरों में
बेकसी का ज़ोर है
बहकी-बहकी चाल में
हिया न बहक जाने दो
ऐ मेरे विवेक ज़रा
क़दमों को मेरे रोक दो

इस मन के रंगमंच पे
'हाँ' है कभी, 'ना' है कभी
चल चंचल ज़बान पे
'उफ़' है कभी, 'वाह' है कभी
सच की राह चुन सकें

---

1. चिकना, स्निग्ध।

इतना तो उन्हें होश दो
ऐ मेरे विवेक ज़रा
क़दमों को मेरे रोक दो

जीवन एक सफ़र है
परम सत्य आराम है
राही को रोक ज़रा
वह जो बदगुमान है
चल-चल रे सँभाल के
सँभाल अपने होश को
ऐ मेरे विवेक ज़रा
क़दमों को मेरे रोक दो

भाग-भाग के भीड़ में
भटक-भटक जाना है
आज या कल फ़ना से
गटक-गटक जाना है
असीम के हाथों में
ज़िन्दगानी झोंक दो
ऐ मेरे विवेक ज़रा
क़दमों को मेरे रोक दो

मुसाफ़िर

मुसाफ़िर लौट के किधर जायेंगा?
चैन की नींद कब ले पायेंगा?

जिधर पहुँचे वहाँ हैं हम
फिरन्दर[1] को क्या पता, कहाँ हैं हम?
लड़खड़ाते पैर लुढ़कते-पुढ़कते
छोटे तक़दीर की टूटी कश्ती ले कर
गुज़रान के लिए आये यहाँ तलक
वह भी तो अतिचारीच है
पर इधर आ के साह[2] हुएलाय
सामने से हमकू घुड़की दिएलाय
बोलताय,
चलो दफ़ा हो जाओ यहाँ से
इधरकू ढिकचाक मेला लगानेकाय
मैला रंग बाहर भगानेकाय
मैं अपने मनमेच बोला...
गरीब को कुढ़ायेंगा तो हाय लग जायेंगा

एक जिरगे[3] का नुमाइन्दा आ कर बोला
इधरकू टिकने का तो पास दिखाओ
मैं उसकू बोला...
भाई, हम तो इधर नया आएलाय
वह मिलता कैसा? कुछ तरक़ीब तो बताओ
पास तो तभीच होंगा

---

1. इधर-उधर घूमनेवाला। 2. धनी और प्रतिष्ठित व्यक्ति। 3. दल।

जब कोई-न-कोई देंगा
खुल्लम-खुल्ला बोलो क्या लेंगा?
पूरा ख़ेमा[1] हाउसफ़ुल!
मलाई तो उन्नायक ले गये
बची-खुची चौकीदार ही खा गये
मालदारों का राज है इधर
कंगालों ने जाने का किधर?
ये रंज क्या कभी कम होयेंगा?

हिकमतपुर के ठाकुरसाब
शुरू में कुछ तो थे
बाद में कुछ और बने
कोई कह रहा था
अब तो कुछ औरीच बन गये हैं
हवेली पे जा के आया...
मन्दिर मान के कुर्निसात किया
पर नादार[2] को बाहर से ही भगा दिया
मन को तसल्ली दिया
जाने भी दो यार!
औकात से ज़्यादा कायकू सोचने का?
महरूम[3] ने मग़रूर से हमेशा बचने का!
लाचारी का अन्त किधर होयेंगा?

अख़बार में लिखा था...
साधन पे तान पड़ेलाय
ज़ंगआलूदा निकालने का फ़रमान धाड़ेलाय
सड़क बनरा बोलते 'सुपर फ़ास्ट'
भाई, हम तो ठहरे 'शुक्ल कास्ट'
भेजे में सिंगनापुर सवार हुएलाय
तसवीर बदलने का मुक़र्रर किएलाय
सिंगनापुर कहो कि सपनापुर
सपने देखने में नहीं कुछ क़सूर

---

1. तम्बू। 2. ग़रीब, निर्धन। 3. वंचित।

परन्तु
क्या नया नक्शा हमकू अन्दर ले पायेंगा?

मुनादी सुनी...
पहले पधारें तो मुफ़्त में मिलेंगा
नया सिक्का नहीं चलेंगा
पिछले साल नयानगर में
एक लुँगाड़ा[1] ने
बस्ती को आग लगाया
अशराफ़[2] को वहाँ से जबरन भगाया
आग की लपट ऐसी भड़की
जल मरी उस में जवाँ लड़की
हवस की आग में जलती छोकरी
चलन बन कर चलती छोकरी
मैंने उनकू अरज़ किया
ग़रीब की बुलबुल बेशक नचा लो
मगर बाबुल को रुख़सत होने से बचा लो!
इफ़लासी[3] कब इज़्ज़त से जीयेंगा?

मेहमानों की ख़िदमत में
गाँव की कलई करेलाय
चप्पा-चप्पा रोशनी से भरेलाय
हवाई अड्डा
कारों का अड्डा
घर-घर के बग़ल में शराब का अड्डा
बड़े-बड़े मॉल
मोहजाल है मोहजाल
नया-नयाच कुछ-कुछ हो रहा है हर साल
क्या ताक़तवरों की घुड़दौड़ में प्यादा कभी जीत पायेंगा?

---

1. लुच्चा। 2. शरीफ़। 3. ग़रीब।

प्रसाद

पैर थिर हों और नृत्य चले
यह तो असम्भव है
प्रार्थना में लीन हों और चर्मचक्षु खुले हों
ये भी असम्भव है

ब्राह्ममुहूर्त की वेला में
प्रभात पूजा की
मंगल मन्त्रविधि से नहा-धो कर
पारसाई[1] की गोद में
मन्दिर कूद रहा था
आसावरी[2] का नाद गूँज रहा था

हम थे मूर्ति के रू-ब-रू
प्रणाम प्रसक्त चौखट पे खड़े
अनुग्रह भाव से हाथ जोड़े
आँखों में दीदार की झाँकी थी
गरदन सम्मान में झुकी थी

पलक उठा कर देखा
प्रभु और अर्चक के बीच
पुरोहित महाशय आये हैं
हाथ में लड्डू लाये हैं

मुझसे रहा न गया

---

1. पवित्रता। 2. सुबह का एक राग।

मैंने आनन-फ़ानन प्रश्न किया
स्वामी जी बीच में क्यों आते हो?
प्रार्थना में बाधा क्यों लाते हो?

पुजारी ने अनायास उत्तर दिया
बेटा, मैं तुम्हें प्रसाद दे रहा हूँ
प्रसाद प्रार्थना का फल है
मन्दिर श्रद्धा का स्थल है

मैंने पुनः पृच्छन किये
प्रसाद मतलब ये लड्डू?
महाराज, आपको क्या हुआ है?
यह किस अखाड़े की सीख है?
आपकी दिमाग़ी हालत तो ठीक है?

मामूली लड्डू में फल देखते हैं
और इस विराट में कुछ भी नहीं?

क्या यह हवा, यह जल उसका प्रसाद नहीं है?
यह रोशनी, यह रौनक़ उसका अनुक्रोश नहीं है?
यह सूरज, ये चाँद-तारे उसकी सौग़ात नहीं हैं?
ये फूल, यह महक उसकी इनायत नहीं है?
ये फल और ज़ायका किसका नज़राना है?
सृष्टि के सर्जक का तत्व क्यों अनजाना है?

गाँव के डबरे ढूँढ़ में रहे हैं
जलधि वहाँ कैसे दिखता?
नाव में भव समाये
यह क़तई नहीं हो सकता
प्रज्ञा का ऐनक लगा कर देखो

हर ज़र्रे में उसी की झलक है
सर्व में वही समाया है
यहाँ जो भी है उसी की छाया है
और संसार तो एक माया है

जड़ में जो उलझ गया
वह तो बहका हुआ लगता है
लड्डू में प्रसाद देखने वाला
सत्य का खोजी वहाँ चूकता है।

सादगी

सादगी की अहमियत जानो
झूठी शक्लवालो पारदर्शी बनो
सहजता में जीना सीखो
सरलता का रस पीना सीखो

गाँठें क्यों बाँध रहे हो?
धागा-धागा पृथक करो
हक़ीक़त को अपना लो
आडम्बर को दफ़ना दो

कृत्रिमता को तिरोहित कर देना है
निर्मल में विराजमान हो जाना है
अकपटता को आलिंगन देंगे
अन्दर-बाहर यकसाँ होंगे

ख़ूबसूरती सादे में है
आसानी सीधे में है
दस्ते में कच्चे काग़ज़ क्यों जोड़ रहे हो?
धाराप्रवाह को उल्टा क्यों मोड़ रहे हो?

जटिलता की विपक्ष सादगी है
स्वाभाविकता का प्रतिलोम सादगी है
सच्चाई का पार्थिव रूप सादगी है
भेद खोलना सादगी है

सच बोलना सादगी है
सादगी परात्पर[1] गहना है
यूँ वंचना में नहीं रहना है
पहेली में उलझो नहीं
सादे को साधारण समझो नहीं
भीड़ के पीछे मत भागो
जागो...! आदमी जागो...!!

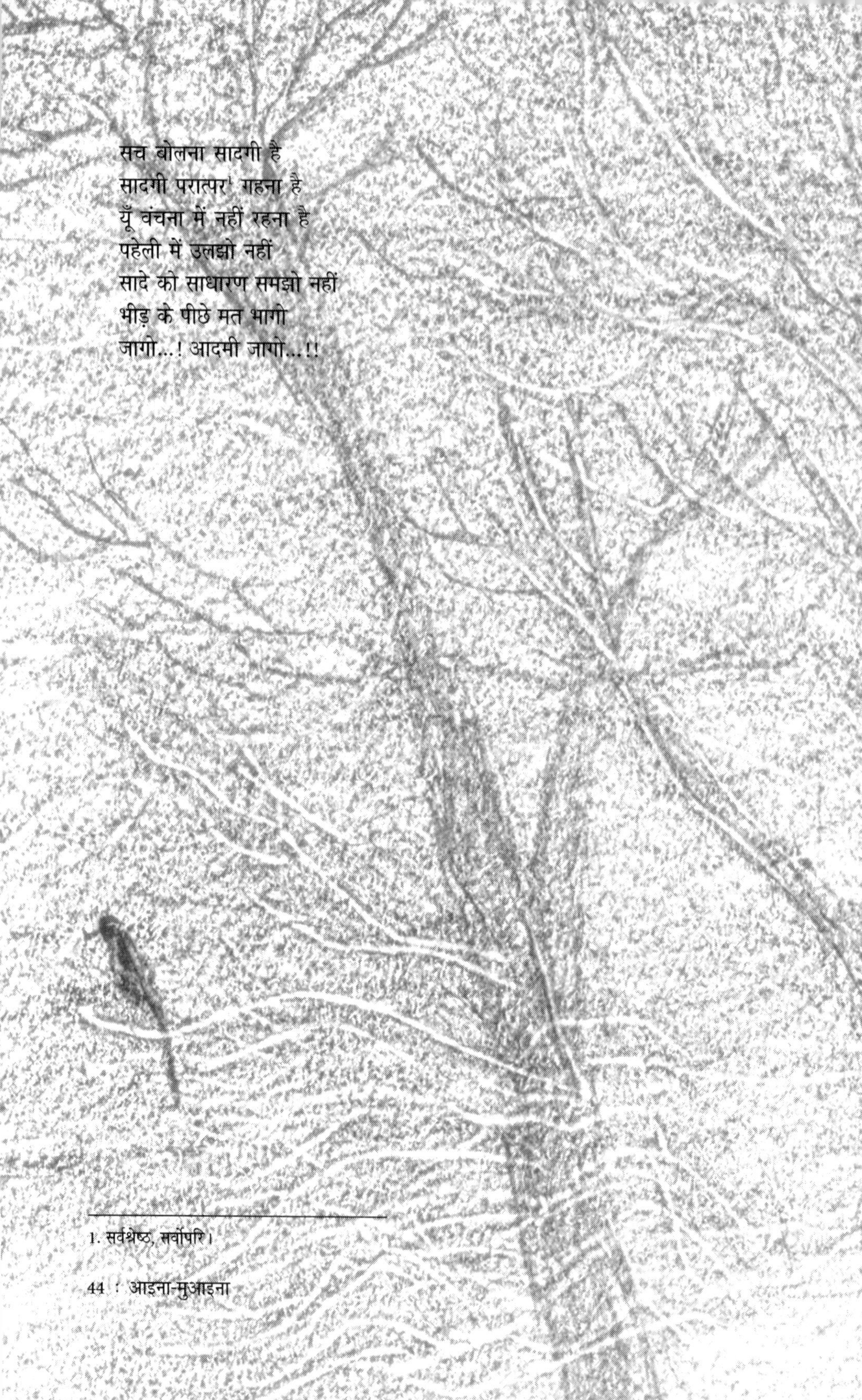

1. सर्वश्रेष्ठ, सर्वोपरि।

लौट आने के लिए रवानगी है

ख़िज़ाँ बलिहारी न होती
तो वसन्त की चहक-महक कैसे आती?
बुज़ुर्गों की रुख़सती बग़ैर
बच्चों की किलकारी कैसे सुनाई देती

बाती जलने से इन्कार करे तो
शमा कैसे प्रकट हो जायेगी?
रोशनी कैसे मिल पायेगी?
बदली गलने से ना कहे तो
बरखा कैसे रंग लायेगी?
सृष्टि कैसे नहा पायेगी?

यह तो बिगड़ने पर ही बनता है
और खोने पर ही मिलता है
एक के चले जाने पर एक आ जाता है
जाने वाला सौग़ात दे जाता है

बीज के ख़ुद को मिटा देने से
लता-लताफ़त[1] जन्म लेते हैं
फल और फूल शहीद होते हैं
बीज बन कर लौट आते हैं

आज मिला कल खोना है
जो खोया है उसे पाना है
सब पाने-खोने की कहानी है
लौट आने के लिए रवानगी है।

---

1. सुन्दरता, कोमलता।

तू छोड़ ईर्ष्या

दूसरों का सुख छीन कर
तुझे सुख मिलेगा नहीं
पास है उसे सँभाल वरना
कहीं लुप्त न हो जाये सभी
औरों को भूल जा उजड्ड
तू अपनी ही सोच
दूसरों के दुख-दर्द में तेरा सुख नहीं है
तू ख़ुद को रोक
विपरीत मानस, ओ शैतान के साले
तू छोड़ ईर्ष्या

आलम पे हावी होने के
ख़ब्त[1] से तू बीमार है
क्यों हवा में उड़ता है
किस बात का ख़ुमार[2] है?
नाज़ हो ऐसा तुझे क्या मिला है?
अरे जलतरंग!
तू ये क्या कर चला है?
वापिस होश में आ जा बदशऊर
तू छोड़ ईर्ष्या

तेरे मत्सर से
यह वजूद घुलेगा नहीं

1.सनक। 2. नशा, मद।

तिमिरारि[1] के विद्वेष से
वह तो जलेगा नहीं
अहंकार के बिजूके
तू अहंकार में ही मरेगा
कुदरत की चोट पड़ेगी
तब अफ़सोस करेगा
अरे अनाड़ी, ऐ नादान अपने हित की सोच
तू छोड़ ईर्ष्या

तू चाहता है
फ़कत तुझे सुख मिले
कारवाँ रुक जाये
तू अकेला ही चले
जो तुझे मिले
किसी और को न मिले
समष्टि पर
तेरा ही हुक़्म चले
परपीड़क, विकृति से पीड़ित रुग्ण
तू छोड़ ईर्ष्या

तू ऊँचा चढ़ना चाहता है
चढ़-चढ़, तू चढ़
लम्बा सफ़र तय करना है तो
बढ़-बढ़, आगे बढ़
चपेट यन्त्र बन कर
दूसरों को दबाने की सोच मत
जो चढ़ना चाहते हैं
उन्हें तू रोक मत
अभी भी सँवरने का मौक़ा है सल्लू[2]
तू छोड़ ईर्ष्या।

---

1. सूर्य। 2. बेवकूफ़।

ज़माना बदल गया है

सभी गिर जायें तो किसे पुकारें?
पूरा पसर जाये तो कैसे सँवारे?

मीडिया खलनायक को महानायक कहता है
चैनल्स के केनल में मुल्ला अशेष बहता है

दुश्मन से निपट लेंगे रक्षक से कैसे बच पाएंगे?
बेईमानी का आलम है जायेंगे तो कहाँ जायेंगे?

इन्तक़ाम के शोले, अपनों के साथ षड्यन्त्र रचाया
सुता ने कथित बलात्कार में पिता को ही फँसाया

दिन गुजरें साल गुजरें छोटी अब बड़ी हो गयी
इसके संग आनेवाली, उसके संग खड़ी हो गयी

आईटी के जाल ने दुनिया को जोड़ दिया
दूसरी की लालच में अपनी को छोड़ दिया

यौवन का ऐसा ज़ोर चला कि युवतियों ने घटा दिये कपड़े
नई परिभाषा की नज़र से लफ़ड़े नहीं लगते लफ़ड़े

गरबा की रँगरलियों का नशा जिस्म पे चढ़ गया
उत्तेजक उपसाधनों का भाव तेज़ी से बढ़ गया

कॉलेज का काम अब स्कूल में ही होता है
मधुशाला के पाठ पाठशाला में पढ़ लेता है

माफ़ करें खता मेरी है
मैं भूल गया था
मैंने देखा था तभी सहर थी
अब तो सूरज ढल गया है
मेरी ऐनक पुरानी हो गयी है
और दृश्य सारा बदल गया है?

तो उसे भी भगा दो

ज़रदा चबा लो
खैनी चूसो
तपकीर सूँघो
हुक़्क़ा गुड़गुड़ाओ
धुआँ उड़ाओ
चिलम का कश लो
बीड़ी पी लो
ऐश में जी लो
रेसिपीज़ की तरतीब बड़ी है
मेरी सन्तानों की क़तार खड़ी है

कहते हैं
मेरे संसर्ग में
क्षय होता है
स्वास्थ्य का लय होता है
रक्तदाब चढ़ता है
उन्माद बढ़ता है
खाँसी होती है
इन बेतुकी बातों पर मुझे हँसी आती है
कहते हैं अन्तिम परिणाम कर्क है
अरे भाई, यह तुम्हारा निरा तर्क है

कोई बोल रहा था
मेरे ख़िलाफ़ जंग शुरू हुई है

मुझे बज़ोर भगाना चाहते हैं
माथे पे इल्ज़ाम लगाना चाहते हैं
मैं भी इतनी भीरु नहीं कि
किसी के कहने पे चली जाऊँ
चिता पर जल जाऊँ

मन बहलाना है याद मेरी आयेगी
तनाव भगाना है याद मेरी आयेगी
मस्ती पानी है याद मेरी आयेगी
फुरती लानी है याद मेरी आयेगी
देह साँस के बग़ैर रहेगी नहीं
तलाक़ दे कर भाग जायेगा नहीं
बन्द कहने से रिश्ता तोड़ेगी नहीं
अंशु प्रकाश को कभी छोड़ेंगे नहीं

मुझ पर रोक लगाने वालो
उसे क्यों खुला छोड़ रहे हो?
उसके गुन गाते-गाते
ज़ालिम के आगोश में जा रहे हो
मेरे असर दिखते हैं
उसके क़सूर क्यों दिखते नहीं?
वह तो तबाही मचा रही है
बड़े-बड़ों को नचा रही है
राजाश्रय मिलने के कारण
सारी दुनिया की दुलारी बनी है
हाला आज प्रशंसा की धनी है
मैं तो ग़रीब की बेटी हूँ
हैसियत से छोटी हूँ
एक ज़माना था
राजगृहों में हमारा जुड़वाँ का रिश्ता था
एक हाथ में जाम एक में हुक़्क़ा रहता था
आज धूमपत्र बेसहारा है
दारू तो तीर्थ का स्थान ले रही है

मनुष्य क़ौम उसे पूरा सम्मान दे रही है
हर उत्सव में उसकी चलती है
हर अंजुमन ढक्कन खोलती है
यह तो तअस्सुब[1] है
निपट नावाजिब है
मेरे प्रति ज़्यादती है
खेदजनक बात है
पर उसकी सिफ़ारिश बड़ी है
वह तो महलों में खड़ी है

मेरा कोई आराधक कह रहा था
एक तमाखू में ही सार है
शेष सब बेकार है
जो जाज़बीयत[2] धूम्रपान में है
किसी और में नहीं है
चुस्ती बिलकुल सही है
ग़र कोई पश्चात असर न होता
और किसी चीज़ को कभी न छूता
तमाखू ही खाता...! तमाखू ही पीता...!
और व्रतस्थ जीवन जी लेता!

मेरी अरज़ इतनी ही है
शराब की ख़ता भी उतनी ही है
मुझे भगाना है तो उसे भी भगा दो
दोनों गोदामों को एक साथ आग लगा दो

मुझे पता है
मेरी दुहाई कोई सुनेगा नहीं
इश्तहारों के द्वारा मय का महत्व और बढ़ा देंगे
मेरे निवेदन का मज़ाक उड़ा देंगे
क्योंकि उसकी सिफ़ारिश बड़ी है
वह तो महलों में खड़ी है।

---

1. पक्षपात। 2.आकर्षण।

दीठ लगा कर दर्पण में देखो

देह की गर्द धोना तो है आसान
आत्मा का हिल्ला[1] निकालना है मुश्किल
पोंछ सकते हो तो प्रतिमा को पोंछो
मैं नहीं कहता, रोको
निवेदन है
दीठ लगा कर दर्पण में देखो

मेरा बस चले तो हरेक को दर्पण भेंट करूँ
दर्पण जो सच बोलते हों
भीतर-बाहर के मर्म खोलते हों
रहनुमा[2] बिल्लौर जेब में रखो
मैं नहीं कहता, रोको
निवेदन है
दीठ लगा कर दर्पण में देखो

विक्षिप्त आइने तो असलियत छिपाते हैं
खुशामदियों से बच के रहना
जो विकृत रूप दिखाते हैं
कभी फ़ुरसत से तटस्थ मुकुर[3] में झाँको
मैं नहीं कहता, रोको
निवेदन है
दीठ लगा कर दर्पण में देखो

---

1. कीचड़। 2. पथदर्शक। 3. दर्पण।

तसवीर की और ज़्यादा क्षति न हो
देखने से घृणा आ जाये
प्रतिबिम्ब की वह दुर्गति न हो
हालात बदतर न हो जाये देखो
मैं नहीं कहता, रोको
निवेदन है
दीठ लगा कर दर्पण में देखो

क्यों ये छींटे उड़ा रहे हो?
प्रतिमा की मुश्किलें बढ़ा रहे हो
बदकारी[1] से तो मंजिमा[2] मरेगी
परछाई तुम्हारा धिक्कार करेगी
विरूपन होने से पूर्व तरीक़त[3] की सोचो
मैं नहीं कहता, रोको
निवेदन है
दीठ लगा कर दर्पण में देखो।

1. कुकर्म। 2. सुन्दरता, मनोहरता। 3. आत्म-शुद्धि।

पट्टी खोल

शब्द तो माया है
सत्य की धुँधली छाया है
शब्द मायावी होते हैं
सच होने का भ्रम पैदा कर देते हैं
लुभावने शब्दों से अकसर
महाजन भी स्तब्ध होते हैं
हीरे के समीप उसकी तसवीर का क्या मोल?
आँखों पर की पट्टी खोल

चाहे कृष्ण हों या क्राइस्ट
ज़र्थोस या लाओत्से
नानक हों या कबीर
मोहम्मद या महावीर
गौतम या सुकरात
ये तो जलते दीये हैं
बुझे दीये को सुलगा सकते हैं
सभी तमहरों[1] की अभिन्नता की बात बोल
आँखों पर की पट्टी खोल

तू किसी का भी दामन पकड़
तुझे रोशनी मिलेगी
रोशनी तो रोशनी होती है
कहीं से भी आ जाये

1. अन्धकार दूर करने वाले।

अँधेरे को भगा देती है
क्यों अज्ञान के अन्धकार में जी रहा है?
अंश को पकड़ के पूर्ण को खो रहा है?
रोशनी से यूँ नफ़रत मत कर
।। अत्त दीप भव।।
तू अपना बुझा दीया प्रज्वलित कर
दान कहीं से भी मिले
तू अपना झोला भर
संगीत की रवानी पर मनवा तू डोल
आँखों पर की पट्टी खोल

मुहाफ़िज़[1] की रक्षा तू करे
तेरी क्या बिसात है?
जाग मूढ़ जाग
विद्वेषी भावना त्याग
तू धर्म का रक्षक है यह तेरी भ्रान्ति है
जागना एक महानतम क्रान्ति है
जल-जल शब्दोच्चारण से दीया जलेगा नहीं
कोई नाम दोहराने से कुछ भी मिलेगा नहीं
अलख तो शब्दों के परे है
शब्द तो अधूरे हैं
शब्द आलम्बन हैं
मिथ्या प्रलोभन हैं
बातों को छोड़ प्रार्थना में उतर
स्वरूप को जान ले
अपना दीया जला ले
भीतर बसे 'मैं' के अहंकार को छोड़
आँखों पर की पट्टी खोल

थोथा ज्ञान तेरी बाधा है
होश कम, जोश ज़्यादा है
सिकुड़ मत, तू फैल

1. हिफ़ाज़त करनेवाला, रक्षक।

धो ले मन को, छील—निकाल मैल
आने दे रश्मि
दीवालों के घेरे में मत बैठ
तू समझता है सत्य उतना सीमित नहीं है
गणक से गिनती करने का शुमार गणित नहीं है
यहाँ जो भी है
बस! वही है...वही है
रोशनी के स्वागत में बजा ले ढोल
आँखों पर की पट्टी खोल

ये भीड़
ये शोर
ये हुल्लड़
ये जंगजूई[1]
ये पन्थ
ये मज़हब
ये सम्प्रदाय
ये अखाड़े
ये हल्ला-गुल्ला
ये चीख़ना-चिल्लाना
ये शक्ति प्रदर्शन
ये हिसाब
ये आँकड़े
सब राजनीति है
यह तो धर्म की क्षति है
धर्म का आँकड़ों से क्या ताल्लुक?
आबादी बढ़ाने से आज़ादी नहीं आती
सम्प्रदाय तो संख्या बढ़ा रहे हैं
धर्म का मज़ाक उड़ा रहे हैं
वातुलता से रिश्ता तोड़
आँखों पर की पट्टी खोल।

---

1. लड़ाई-झगड़ा, संघर्ष।

फ़ासला ज़रूरी है

पुरोगत[1] को पवित्र मानने का रिवाज है
प्राच्य को महान कहना लिहाज़ है
कभी जो पत्थर थे आज बुत बने हैं
कल्पित कहानियों के नायक चुने हैं
शैतान ईश बनेगा, वक़्त गुज़र जाने दो
जो बोले सच लगेगा, सच का विस्मरण होने दो

इतिहास निष्पक्ष नहीं है
चरित्रों का चित्रण सत्य नहीं है
गौरव गीतों में तथ्य नहीं है
यथार्थ कुछ और है
बकते कुछ और हैं
उपज से सुजात हैं
पेशे से लुण्ठक हैं
नाटक के प्रयोग की एक पैठिक मज़बूरी है
दर्शक और मंच के दरमियान फ़ासला ज़रूरी है

दूर की चीज़ें पुकारती हैं
तारों की टिमटिमाहट लुभाती है
पर्वतों की चोटियाँ बुलाती हैं
सागरों की गहराइयाँ ललचाती हैं
प्रलोभन प्रगाढ़ बनेंगे स्थानों में फ़ासला ज़रूरी है

1. जो पहले गया।

पराई तो सदा ही नफ़ीस होती है
पास की नीरस-फिकट लगती है
नज़दीकियाँ तो तनाज़ा[1] को जन्म देती हैं
संघर्ष घटाने को घटकों में फ़ासला ज़रूरी है

दूर के तो छोटे भी बड़े लगते हैं
बड़ी-बड़ी ऊँचाइयों पर खड़े लगते हैं
आइने को नाक चिपका के खड़े हो
बिम्ब कैसे दिखाई देगा?
पूरी तिम्साल[2] देखने को आइना-आँखों में फ़ासला ज़रूरी है

दो ध्रुवों में खिंचाव है छोर का क्योंकि फ़ासला है
हुस्नो-इश्क में कशिश है विपरीत की क्योंकि फ़ासला है
मन्दिर तब तक मज़बूत है खम्भों में जब तक फ़ासला है।

---

1. लड़ाई-झगड़ा। 2. प्रतिमा।

तक़दीर

नक़्शाकशी[1] करता रहा
अरमान पिरोता रहा
कुछ पा लेने के
कुछ हो जाने के
बुलन्दी को छूने के
असाधारण बन जाने के
अनूठे ढंग से ज़िन्दगी जीने के

वर्ज़िश करता रहा
कवायद करता रहा
ख़ामियों के गड्ढे भरता रहा
ढूँढ़ता-फिरता रहा
चढ़ता-गिरता रहा

मन की मुरादें पूरी न कर सका
रुकना ज़रूरी था पर रुक न सका
बेपरदा आँखों से तपन का तेज देख न सका
नक़्शा जो बना उसमें मनचाहे रंग भर न सका

होड़ में हिस्सा लिया
भ्रांति में था कि कामयाबी मिली
दिखता बहुत कुछ था

---

1. नक्शा बनाना।

पर हक़ीक़त में हाथ थे ख़ाली
उड़ान भरना ही था आकाश ग़ायब हुआ
परवाज़ करने की फिर न मिली दवा
खाता खोल कर हिसाब किया
आय से व्यय ज़्यादा पाया
खोया सो तो खोया
जो पाया वह भी खोया

साधन तो सारे थे
तैयारी भी पूरी थी
फिर भी क्यों
सपने और वास्तव में मीलों की दूरी थी?

महात्मा को तराश रहा था
महा और आत्मा मिल न सके
हमसफ़र बन कर चल न सके
महा तो घायल हो कर गिर चुका
मात्र आत्मा बच गई
आत्मा की नहीं बन सकी तसवीर
किसे दोष दूँ?
कौन ज़िम्मेवार है?
मैं...या मेरी तक़दीर!

तेरी मर्ज़ी

माँगूँ तो मैं क्या माँगूँ?
माँगूँ भी तो क्यों माँगूँ?
माँगने से कुछ न मिले
परम सत्ता पे ज़ोर न चले
तुझे जो करना है तू कर तेरी मर्ज़ी
आयाचन[1] छोड़ दिया है मैंने
तू दे या मुक़र तेरी मर्ज़ी

जो भी मिला है तेरा ही दिया हुआ है
विकर्म के मसीहा, सब तेरा ही किया हुआ है
क़तरे-क़तरे पर यहाँ तेरी ही मोहर है
सृष्टि के स्वामी, तू कुशल जौहरी है
रहम करना है, तू रोशनी कर दे तेरी मर्ज़ी
ज़ुल्म करना है, तू तिमिर भर दे तेरी मर्ज़ी

हम बेहोश थे जब हमको यहाँ बुलाया
पता नहीं जनमघूँटी में क्या पिलाया
तेरी दुनिया मुझे मेरी लगने लगी है
चौर्य की अभिलाषा अन्दर जगने लगी है
छीन लेना है, तू वश कर तेरी मर्ज़ी
तोहफ़ा देना है, तू पेश कर तेरी मर्ज़ी

संसार को तूने यूँ बिखेर दिया है
कब्ज़ा जमाने का लालच इसी कारण हुआ है

1. माँगना।

क्या नश्वर अक्षर पे हुकूमत कर पायेगा?
मछुआ अपने जाल में सागर को धर पायेगा?
सँवारना है, तू ओज से भर दे तेरी मर्ज़ी
बिगाड़ना है, तू क्षीण कर दे तेरी मर्ज़ी

नीर जो बह रहा है वो तो बहता ही रहेगा
चाहे कोई कुछ भी कहेगा
मालिक, तेरी जागीर का कंकर भी न खोएगा
तेरा जहाँ का तहाँ आबाद रह जायेगा
विस्तीर्ण को संकीर्ण बनाना है, तू घटा दे तेरी मर्ज़ी
तिल का ताड़ करना है, तू बढ़ा दे तेरी मर्ज़ी

इन्तख़ाब[1] मैं करूँ मेरी क्या ताक़त है
उतना ही मिले साईं जितनी मेरी लियाक़त है
देने का दायित्व तेरा है मैं क्यों झोली फैलाऊँ?
मिला ही है उसे माँग-माँग कर
भिखमंगा क्यों कहलाऊँ?
कन्धे पे बिठाना है तू उठा ले तू तेरी मर्ज़ी
ज़मीन पे पटकना है, तू उँडेल दे तेरी मर्ज़ी

1. चुनाव।

जागो

गहरी नींद में सपने नहीं आते जागो
हीज[1] कभी क़ामयाब नहीं होते जागो

मंज़िल के आने तक रुकना नहीं है जागो
अपने संकल्प से पीछे हटना नहीं है जागो

किश्ती को किनारे पे ले जाना है जागो
मँझधार में होश-हवास नहीं खोना है जागो

पायदान-पायदान पे जायज़ा लेना है जागो
किये न किये का हिसाब देना है जागो

इन्दु को लपेटने बदरी छाई है जागो
काले रंग की चादर ले आई है जागो

इज़्तिराब की दीवारों ने घेर लिया है जागो
चैन चुराने फरफन्दी घर आये हैं जागो

तुम्हें बचना अपनी ख़ामियों से है जागो
बैर तुम्हारी अपनी ही कमज़ोरियों से है जागो

जंग का ऐलान भी हो गया है जागो
लड़ने का पल पास आ रहा है जागो

---

1. आलसी। 2. बेचैनी, व्याकुलता।

भोले अब चतुर हो गये हैं जागो
अपने सब फ़ितूर हो चुके हैं जागो

हमसाये[1] ने होश खो दिया है जागो
जहाज़ में अड़ंगा आ गया है जागो

आमद है कम मांग ज़्यादा है जागो
वक़्त है कम काम ज़्यादा है जागो

चक्रवात के आने का अन्देसा है जागो
सचेत होने का ऐलान हो रहा है जागो

क़यामत धीरे-धीरे दस्तक दे रही है जागो
ढूँढते-ढूँढते बरामदे में आ गई है जागो।

---

1. पड़ोसी।

लहरें

वजूद[1] तरंग कोश है, हर एक के अन्दर मौजूद हैं लहरें
पदार्थ में प्रतिष्ठित चेतना का बहिरभूत सबूत हैं लहरें

समीर के झोंके, हिन्दोले के खबा पे चढ़ती हैं लहरें
सुर से सुर मिला कर संग-संग आगे बढ़ती हैं लहरें

उस पार जाने की उत्कण्ठा से बेचैन-सी रहती हैं लहरें
रास में उछल-कूद है भीगे बदन से बहती हैं लहरें

अनुगमन का खेल है, सखियाँ ताल मिला कर चलती हैं
सावन-भादों के मौसम में गुल की पंखुड़ियाँ खिलती हैं

नृत्य है, उत्सव है, कुछ मिल जाने के सुरूर में झूमती हैं
सच्चा महताब आता नहीं, प्रतिमा का मुख चूमती हैं

हिलोर का मक़सद किनारा है, तट पर फुहार रूप बरसती हैं लहरें
चल पड़ी वह तो ढूँढ ही लेगी, किनारे के लिए तरसती हैं लहरें

आतुर सदा रहती हैं तटस्थ किनारों को बाँहों में लेने के लिए
निराजना करती है समाधि तोड़ कर होशमन्द होने के लिए

लहरें कभी थकती नहीं, चट्टानों के सामने झुकती नहीं
इस किनारे से निकली जो उस किनारे तक रुकती नहीं

---

1. अस्तित्व।

इस किनारे का पैग़ाम उस किनारे ले जाती हैं लहरें
कार्य पूरा हो जाते ही आत्म-समर्पण कर देती हैं लहरें।

शिखर

शिखर है आ कर ख़त्म यहाँ पर, यह अन्तिम ऊँचाई है
अगला पाँव कहाँ रक्खूँ? आगे आँकर[1] खाई है

जीवन एक रवानी है खाई-शिखरों की कहानी है
बचपन-बुढ़ापे के मध्य में मस्ती भरी जवानी है

कन्दुक[2] नीचे झरता है उछाल को जोर मिलता है
आगमिक[3] की चाहत में पिछली चोट भूलता है

चोटी की नोंक पे एकाध विरला बसता है
सर्वोपरी होने के मोदक से मन-ही-मन हँसता है

यह राह कंगूरेदार है और कंगूरे बेहिसाब हैं
गिनते-गिनते गीत बने जीवन कंगूरों की किताब है

बुर्ज पे चढ़ रही है दुनिया, चढ़ने की मै चढ़ती है?
आगे ही आगे रेलने से क़तार आगे भी बढ़ती है

शिखर की ख़्वाहिश रखते हैं तो गहराई में जाना होगा
ऊँचाई अगर छूनी है तो तल-स्पर्श भी कर लेना होगा।

1. गहरा। 2. गेंद। 3. आनेवाले, भविष्य में होनेवाले।

प्रेरणा

ज़रा-ज़रा-सी बेवफ़ा तू लूर तेरा जानता हूँ
फिर भी ऐ शोख़ हसीना तुझे प्रेरणा मानता हूँ

इश्क की जुस्तजू[1] ने अरमानों को जगाया है
मंज़िल की हर सीढ़ी पे तसवीर तेरी चूमता हूँ

शाम की इस बेला में शमा की याद आती है
मेल-मिलन की आरज़ू से दम-बदम[2] गिनता हूँ

मुस्कुराना चुप-चुप के गुनगुनाना चुप-चुप के
'चुपके-चुपके' वाली ग़ज़ल, चुपके-चुपके सुनता हूँ

ज़ेहन में उतरा हुआ नशा नहीं उतरेगा
कजराई आँखोंवाली कैफ़[3] तेरा सूँघता हूँ

कुतुबख़ाने[4] टटोले, लेकिन कुछ भी नहीं मिला
ख़ामोशी में हाँ छिपी है सबसे यही सुनता हूँ

इज़हार[5] है इज़हार है तुझ से मोहब्बत हो गयी
मन्द-मन्द इस हँसी से बेइख़्तियार[6] बनता हूँ।

---

1. तलाश। 2. प्रतिक्षण। 3. नशा। 4. पुस्तकालय। 5. प्रकट करना, गवाही। 6. बेबस

मैं तो सुध में नहीं था

आँखों में आपकी
मयख़ाना देखा था
पैमाने की तलब में
ज़माना देखा था
जब बेक़रार दिल बेकाबू हुआ
मैंने आपको बेशक छुआ
तहेदिल से कहता हूँ
मेरा कोई कसूर नहीं
क्योंकि...
मैं तो सुध में नहीं था
क़सम ख़ुदा की
मैं ख़ुद में ही नहीं था

दलीलें देने का
हक़ तो लौटा दो
साबित करूँगा बेगुनाही
महज़ एक मौका दो
दिल के दाग़ की आप ही हैं दवा
मैंने आपको बेशक छुआ
तहेदिल से कहता हूँ
मेरा कोई कसूर नहीं
क्योंकि...
मैं तो सुध में नहीं था

क़सम ख़ुदा की
मैं ख़ुद में ही नहीं था

छड़ी हाथ में ले कर पीटो
पर यूँ ऐसे रूठो नहीं
दाँत को कटारी बना कर काटो
पर यूँ ऐसे रूठो नहीं
नर्म साँसों की सुरसुरी से तनबदन मसरूर[1] हुआ
मैंने आपको बेशक छुआ
तहेदिल से कहता हूँ
मेरा कोई क़सूर नहीं
क्योंकि...
मैं तो सुध में नहीं था
क़सम ख़ुदा की
मैं ख़ुद में ही नहीं था

कुबूल है
पहले इजाज़त न ली
तस्लीम कि
मैंने गुस्ताख़ी भी की
मैं हूँ जवाँ, आप भी हैं जवाँ
मैंने आपको बेशक छुआ
तहेदिल से कहता हूँ
मेरा कोई क़सूर नहीं
क्योंकि...
मैं तो सुध में नहीं था
क़सम ख़ुदा की
मैं ख़ुद में ही नहीं था

लफ़्ज़ बहुत ठिगने हैं
हालात दिल के कैसे कहूँ?
रुख़ मोड़ना तो जुर्म है

---

1. ख़ुश।

यह तनहाई कैसे सहूँ?
तारों की सुरभि पी कर फ़लक़ तो कोरा रहा
मैंने आपको बेशक छुआ
तहेदिल से कहता हूँ
मेरा कोई क़सूर नहीं
क्योंकि...
मैं तो सुध में नहीं था
क़सम खुदा की
मैं खुद में ही नहीं था

चाहे जो भी सज़ा दो
मुझे हुस्न से प्यार है
ख़ता जो हो गयी उसका
यह लम्हा ज़िम्मेवार है
हुस्नोदमक़[1] की दीप्ति से दिल मजरूह[2] हुआ
मैंने आपको बेशक छुआ
तहेदिल से कहता हूँ
मेरा कोई क़सूर नहीं
क्योंकि...
मैं तो सुध में नहीं था
क़सम खुदा की
मैं खुद में ही नहीं था।

1. सौन्दर्य और कान्ति। 2. घायल, ज़ख़्मी।

समझौता

नदी का पानी पीने की आस है मुसाफ़िर रुक जा ज़रा
जीवन समझौता है, अंजलि बढ़ा, के झुक जा ज़रा

जलाल[1] में ले आ चरित्र को ज़मीर की बात सुन
ज़रूरी है यह तदबीर अब संघर्ष नहीं सहर्ष को चुन

नम्रता वैभव है अकड़ छोड़ दे अक्ल से कर ले काम
पल दो पल की ज़िन्दगी है गुमान नहीं गौरव को थाम

उदासी को विदा कर दे सरगर्मी के गीत गुन
सफलता तुझे पानी है समझौते की बजा ले धुन

ग़म का अन्त खुशियाँ हैं खुशियों का अन्त है ग़म
समझौता कर जीवन में समझदारी से भर ले दम।

---

1. प्रकाश, तेज।

डर से क्या डर

सब अँधेरे से भयभीत हैं
कहते हैं यहाँ अँधेरा बहुत है
अन्धों की तादाद बड़ी है
पर किसी अँधेरे की क्या मजाल कि
दीपक के आगे खड़ा हो सके?
किसी तिनके की बिसात नहीं कि नदी के प्रवाह को अड़ा सके

अँधेरे से क्या डरना?
अँधेरा निरंक है
अँधेरा शून्य है
शून्य का अनुभव होना तो धन्य है

महासागर की गहराई में बेख़ौफ़ विहार करने वाली
नन्ही-सी मछली से पूछो, हिम्मत क्या होती है?
रंग, महक और चहक से मदहोश
तितली से पूछो, कुदरत क्या होती है?

इनकार नहीं कि
आँधी का आगमन हो सकता है
सैलाब[1] में बजरा खो सकता है
पर क्या खोने के डर से
जलयात्रा छोड़ दें?
जलयान को तोड़ दें?

1. बाढ़।

पूछा जाता है कि
ज्योति में ताक़त कितनी होती है?
बोला जाता है कि
टकराव में बुराई जीत जाती है
तब मेरे मन में प्रश्न उठते हैं कि
धोखा कहाँ नहीं है?
जीवन स्वयं एक धोखा है
हवा का एक झोंका है
तो क्या हम जीना छोड़ दें?
डर के डर से दम लेना छोड़ दें?

निर्भीक होने से अपाय नहीं
भाग जाने का कोई उपाय नहीं
साहस से अपना करम करें
डर से ना डरें—डर से ना डरें

शैतान

लिहाज़ में भी नहीं, बल्कि
लिहाज़ में ही उसे फ़रेब दिख रहा है
शैतान साधु का चरित्र लिख रहा है

शैतान की दृष्टि से भगवान भी है शैतान
कलुष की इबादत का
निकल चुका है फ़रमान
सत्यवादी की समाप्ति की रीत सीख रहा है
शैतान साधु का चरित्र लिख रहा है

उसका वचन है नियम
और खीसे में है कानून
'मैं कुछ हूँ' यही दिमाग़ में है जुनून
किताबों का भण्डार तो प्रकाशन-पूर्व ही बिक रहा है
शैतान साधु का चरित्र लिख रहा है

गुरुकुल का अधिपति बन गया है
अनुचरों को लूट-पाट का काम दिया है
दोषग्राहक के राज में
खलनायक जीत रहा है
शैतान साधु का चरित्र लिख रहा है

साधु जो सिद्धान्तों पे चलना जानता है
उसे वह भूमि का भार मानता है

गुणवत्ता के अनुच्छेदों पे
लाल स्याही छिड़क रहा है
शैतान साधु का चरित्र लिख रहा है।

हक़ीकत को न भूल

डाली पर गुमान से झूमने वाले फूल
हक़ीक़त को न भूल-हक़ीक़त को न भूल।

याद कर उस बीज को जिस ने ख़ुद को मिटा दिया
वजूद की कुरबानी दे कर तुझे कन्धे पे उठा लिया
मूरत को गढ़ने वाले हाथों को न भूल

हवा का ये झोंका मँडराता हुआ धोखा है
बेवकूफ़ी छोड़ आज जागने का ये मौका है
करामातों की जननी माटी और ये धूल

महक की ये माया संसार को बहकाती है
बहार की ये काया घड़ी भर चहकाती है
झूठी है रँगरलियाँ और रंगों की झूल

ये भी कोई जीना है?

वे तो यूँ ही जी रहे हैं
बेइज़्ज़ती के घूँट पी रहे हैं
जीतने की कोई उम्मीद नहीं
ज़ख़्म को ज़ख़्म से सी रहे हैं

जिन्होंने इनसे नफ़रत की
उनको आदर बख़्श रहे हैं
जिनसे तहों में चोट मिली
उन्हीं के तलवे चाट रहे हैं

क्योंकि पहली बार झुके
अब बार-बार झुक रहे हैं
आँख पोंछ कर कलाइयों से
कामधाम में जुट रहे हैं

हुरमत[1] पे कितने वार हुए
इनको गुस्सा आता नहीं
बेबस सूरत छुपाने के लिए
चिलमन से उसे ढँक रहे हैं

बड़ी-बड़ी तस्वीरों को
तीर्थ मान कर धो रहे हैं
लात के घाव सह कर भी
उन्हीं चरणों को पकड़ के रो रहे हैं

ये तो रोते हुए ही जँचते हैं

1. इज्ज़त, आबरू।

अपने ही हालात पर हँसते हैं
जंजाल से निकल जाते हैं
झंझट में तब फँसते हैं

मन के दर्पण पर धूल जमी है
कीचड़ से उसे पोंछ रहे हैं
तस्वीर तो बिगड़ चुकी है
अब भागने की सोच रहे हैं।

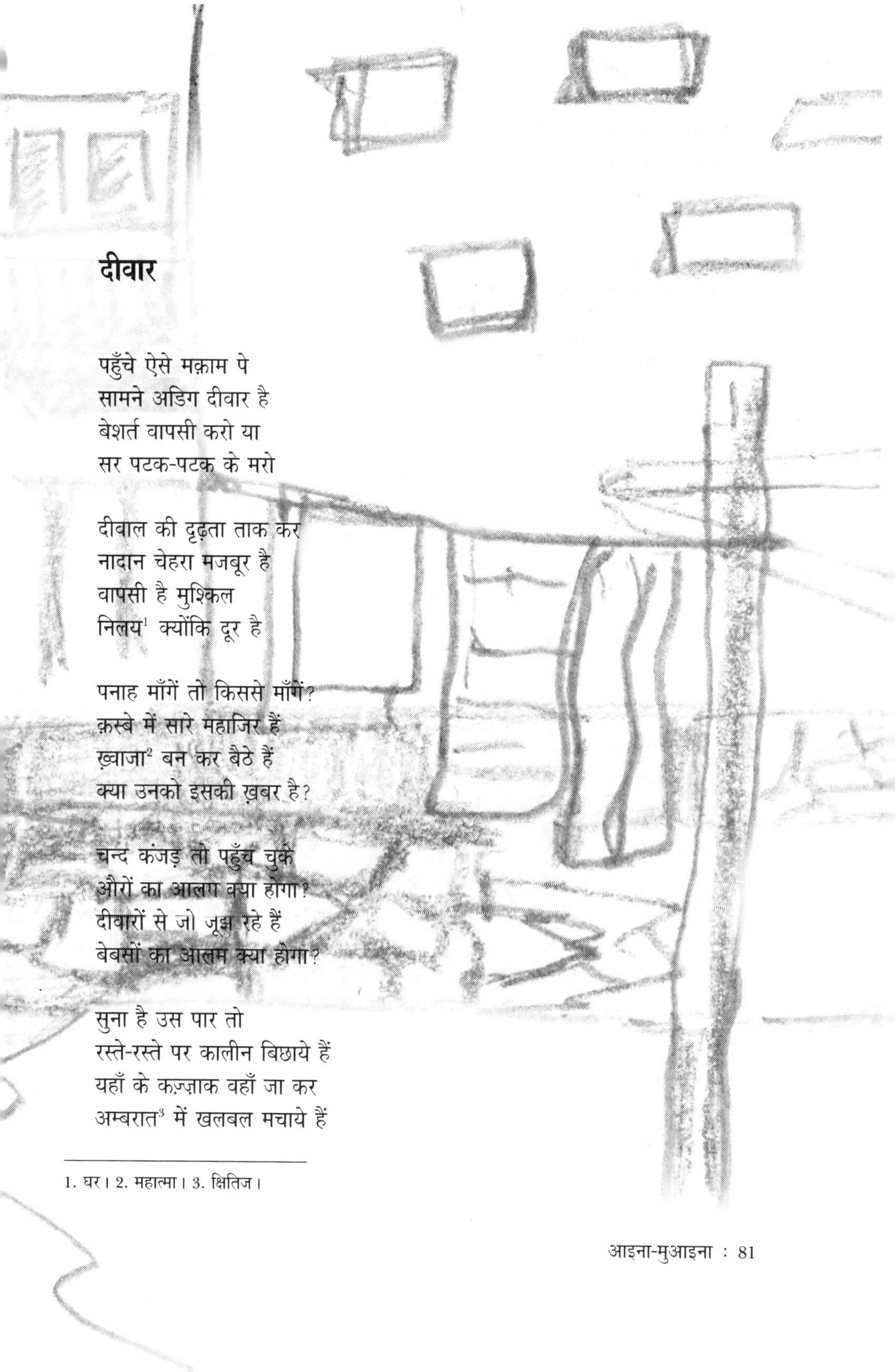

दीवार

पहुँचे ऐसे मक़ाम पे
सामने अडिग दीवार है
बेशर्त वापसी करो या
सर पटक-पटक के मरो

दीवाल की दृढ़ता ताक कर
नादान चेहरा मजबूर है
वापसी है मुश्किल
निलय[1] क्योंकि दूर है

पनाह माँगें तो किससे माँगें?
क़स्बे में सारे महाजिर हैं
ख़्वाजा[2] बन कर बैठे हैं
क्या उनको इसकी ख़बर है?

चन्द कंजड़ तो पहुँच चुके
औरों का आलम क्या होगा?
दीवारों से जो जूझ रहे हैं
बेबसों का आलम क्या होगा?

सुना है उस पार तो
रस्ते-रस्ते पर कालीन बिछाये हैं
यहाँ के कज़्ज़ाक वहाँ जा कर
अम्बरात[3] में खलबल मचाये हैं

1. घर। 2. महात्मा। 3. क्षितिज।

सूरज के पास-पड़ोस तारे हैं
सितारे उनके बलशाली हैं
इधर बरबादी का माहौल है
उधर बड़ी ख़ुशहाली है

बुलन्द इकबाल तो
अहमियत से भी ऊँचे दिखते हैं
सारी दुनिया को
मुट्ठी में कर लेने की बात बकते हैं।

दौड़

दुनिया तो भाग रही है
नींद में भी जाग रही है
क्षर तो यहाँ कुछ भी नहीं
एक ज़र्रा भी जलता नहीं
फिर जो जल रहा है वह क्या जल रहा है?
रुका हुआ तो कुछ भी नहीं
फिर चल रहा है वह क्या चल रहा है

बदलने वाला रूप है स्वरूप नहीं
रूप तो माया है
रूपान्तरणीय काया है

सब दौड़ की होड़ है
विश्व में तो दौड़ ही दौड़ है
ग्रह दौड़ रहे हैं
तारे दौड़ रहे हैं
हर पदार्थ के भीतर
परमाणु दौड़ रहे हैं
दौड़ में फ़ुरसत कैसे मिले?
कहाँ है मंज़िल, किस राह से चलें?
इस दौड़-धपाड़ से क्या पुरस्कार मिलेगा?
रहस्य का पिटारा कब खुलेगा?
नादान, नादान से सवाल करे
समय रहित शाश्वत कहाँ पाऊँ?

जाऊँ...तो मैं कहाँ जाऊँ?
सब को ऊपर ही चढ़ना है
पर ऊपर ले जाने वाली पगडण्डी कहाँ है?
सोचने पर साक्षात्कार हो जायेगा
ऊपर-नीचे कुछ भी नहीं
यह तो अन्तरिक्ष में लटकता हुआ
और आवारा भटकता हुआ जहाँ है।
ऊपर जाते दिखते हैं, कहीं ऊपर नहीं जाते
सुर्ख़ियों में आने से लोग सुर्ख़रू नहीं होते

घर

एक पसार दे
दूजा सँवार देगा
एक गिर जाये
दूजा उठा लेगा
कन्धे पर बिठा देगा
रूठा है उसे मनायेंगे
शगूफ़े[1] में आशियाँ बनायेंगे

आदमज़ाद[2] का प्यारा स्थान
गाये मन्दिर का गौरवगान
अमन-चैन की बस्ती जो
दीवालों में दिवाली हँसती हो
गुमटी से नीहारिका निहारेंगे
शगूफ़े में आशियाँ बनायेंगे

सुबह का भूला-भटका
राही बहुरि लौट आये
आनन्दधाम के दीदार से
फूलों में फुरती आ जाये
मन फ़िरदौस[3] में खो जाये
मुहब्बत की दुनिया बसायेंगे
शगूफ़े में आशियाँ बनायेंगे

---

1. आकाशगंगा। 2. आदम की सन्तान, आदमी। 3. बाग, वाटिका, स्वर्ग।

मंगल रंगों की नहरें बहें
परिवार तौक़ीर[1] की बात कहें
पारिजात की बरसात होती रहे
अँधेरा न छुए—हम रोशनी में जियें
दानिश[2] के चिराग़ जलायेंगे
शगूफ़े में आशियाँ बनायेंगे

हम तो
महक और ख़ुशबू
बहार की बात कहते हैं
लहरों की चुक्कार[3]
छलाँग की बात कहते हैं
सितारों से जगमग
अम्बर की बात कहते हैं
ज़फ़र[4] के आवास
अपने घर की बात कहते हैं।

---

1 आदर, सम्मान। 2. विवेक, बुद्धि। 3. गर्जन, गरज। 4. विजय, सफलता।

हम तो कुछ भी करेंगा

कॉलेज पार्टी, रेव पार्टी
डे पार्टी, गे पार्टी
धूम मचा लूँ धूम
सारे यहाँ झूम रहे हैं
झूम लूँ मैं झूम
रस्ते पे नंगा फिरेंगा
तुमको क्या करना है?
हम कुछ भी करेंगा

पानी खायेंगा रोटी पीयेंगा
मातम पे हँसेंगा, जनम पे रोयेंगा
हौल[1] सभी छोड़ देंगा
नये दौर के जश्न में
बन्धन सारे तोड़ देंगा
करेंगा तो बिल भी भरेंगा
तुमको क्या करना है?
हम कुछ भी करेंगा

वक़्त बदला ऐंठ बदली
जहाँ बदला सोच बदली
कॉस्मोपॉलिटन होयेंगा
फुलझड़ी को सुलगा के
डेटिंग पे ले जायेंगा
बन्दा बाप से भी नहीं डरेंगा

---

1. डर।

तुमको क्या करना है?
हम कुछ भी करेंगा

ज़माना ख़ुद बीमार है
तमहुन का ख़ुमार है
थोथी-बेहूदी ये बातें हैं
हम तो पब में जाते हैं
होश खोने तक पीते हैं
साला! ऐश में जीयेंगा, ऐश में मरेंगा
तुमको क्या करना है?
हम कुछ भी करेंगा।

आशा

आशा के सागर में जीवन की नैया
मौजों के संग-संग चल मेरे भैया

हसरतों के मेले अरमानों के रेले
नैया ये डोले—नैया ये डोले
दिल में है कसक, प्यासी है आशा
सुर्ख़रू होने की मन में है आशा
साहिल को ढूँढे—ढूँढे खेवैया

गगन गुफा तक जाने की बातें
दम-ख़म से लहराने की बातें
ख़याल उरूज[1]-उरूज हो आशा
ख़ालिस[2] ये जीवन ख़ालिस हो पेशा
नैया तू तो है माज़ी की मैया

ये जहाँ है सुन्दर—सुन्दर है सपना
सपनों से भरा जीवन है सपना
दम-दम के दामन में छिपी है आशा
जीने की ऊर्जा ये देती है आशा
हौले-हौले ये चले पुरवैया

---

1. ऊपर उठना। 2. शुद्ध।

अलहिन्द

ताजमहल, सरताज इण्डिया
इण्डिया गेट, गेट वे ऑफ़ इण्डिया
हैं आर्यावर्त की शान
हिन्द हमारी जान, तिरंगा हमारा प्राण

अलबेला है वतन प्यारा
योगक्षेम है मन्त्र हमारा
मुल्क-मुल्क का मेला रे
शत रंगी रंगों का रेला रे
रंगों से रंग देंगे जहान
हिन्द हमारी जान, तिरंगा हमारा प्राण

झील-झरने हैं बहता पानी
कबीर के दोहे टैगोर की वाणी
बन-मधुबन की चहक-महक
हर सिंगार में है माटी की महक
है बापू-चिन्तना का सम्मान
हिन्द हमारी जान, तिरंगा हमारा प्राण

जय हिन्द कहो जय हिन्द कहो
अलहिन्द[1] कहो जय हिन्द कहो
गंगा किनारा ममता की धारा
भारत है प्यारा भारत है प्यारा
प्रजातन्त्र हमारी शान
हिन्द हमारी जान, तिरंगा हमारा प्राण

1. हिन्दवासी

सुरा सपनों की पीने दो

निंदिया ना तोड़ो, मुझे सरेदस्त[1] सोने दो
मदभरा मौसम है, सुरा सपनों की पीने दो

अम्बर की ज़ंगारी[2] से, नींद चुरा के ले आऊँ
सितारों के गलियारों में, सेज सजा के सो जाऊँ
हमजोली की बाँहों में, आज ख़ुशी से खोने दो
मदभरा मौसम है, सुरा सपनों की पीने दो

झूला उड़ा के फ़राज़[3] में, बदरा से कजरा ले आऊँ
कुदरत की रंगरलियों में, फूलों जैसी रंग जाऊँ
पवन की मौज़[4] पर, पतंग यों उड़ जाने दो
मदभरा मौसम है, सुरा सपनों की पीने दो

सपने तो सपने होते हैं, हक़ीक़त से सुहाने होते हैं
जागने से ये टूट न जायें, जीने के बहाने होते हैं
ऐ सूरज छुप जाओ ज़रा, चाँद को सदर[5] होने दो
मदभरा मौसम है, सुरा सपनों की पीने दो।

---

1. इस समय, अभी। 2. नीला। 3. ऊँचा। 4. लहर। 5. प्रधान, मुख्य।

कँवल

पवित्र पर पतित का क़ाबू यह दरद दरिया से बड़ा है
डण्ठल की चीमड़ डोरी ने कीचड़ से कँवल को जोड़ा है

आकाश का दरस करते-करते शफ़क का टुकड़ा देखा है
पंखड़ियों में छिपा चेहरा क्या झील में तूने झाँका है

अक़्लमन्द हैं वे पत्तियाँ ऊपर उठने की तृषा जगाती हैं
पानी पर हरियाली बिछा कर तुझसे छटा छिपाती हैं

ख़ुद की परछाईं देख कर ही सम्मोहन में खो गया था
नार्सिसस नाम का पुरुष स्वानुराग में पौधा हो गया था

उस राह पे न जाना कभी ख़ुद का आशिक़ न होना रे।
ख़ुदनुमाई के चक्कर में यह पुष्पसार मत खोना रे

माना कि सबको अपनी-अपनी सूरत अच्छी लागे जी
ज्ञानी कहते हैं 'मैं' और 'मैं के विस्तार' से चलो आगे जी

जीवन का सार स्वार्थ की सीमा के आगे बढ़ने में है
गौरव और तृप्ति तो प्रभु-चरण की डगर चढ़ने में है

चूकेगा तो पछतावे के सिवा नहीं कुछ पायेगा
खोया हुआ चैतन्य फिर वापस कभी न आयेगा

रहस्य से रहस्य की ओर

विज्ञान पदार्थ को जानता है
पदार्थ जो गुणधर्म से युक्त हो
ज्ञात को तुमने जान लिया
कल तुम अज्ञात को भी जान लोगे
परन्तु अज्ञेय तुमसे जाना नहीं जा सकता
गुण-धर्म रहित पहचाना नहीं जा सकता

माना कि यहाँ से आकाश बहुत ऊँचा है
पर किसी ऊँचाई से क्या वह नीचा है?
आकाश तो आभास है
आभास में क्या ऊँच-नीच?
आकाश छूना एक मुहावरा है
यह तो कवि की कल्पना है
सपने में सपना देखने की बात है
आइने में चाँद को कैद करने की बात है

जहाँ कुछ भी नहीं दिखता
क्या सचमुच में वहाँ कुछ भी नहीं है?
कुछ नहीं है
मतलब अवस्तु[1] है
पर क्या अवस्तु अस्तित्व नहीं है?
क्यों नहीं...?
अवस्तु अस्तित्व है
अभाव अस्तित्व है
और रिक्तक[2] भी अस्तित्व है

---

1. शून्य, निकम्मा। 2. शून्यता, रिक्ति।

कैसा इन्द्रजाल है?
कैसी भूलभुलैंया है?
हर दुख के भवन पे
सुख की तख़्ती है
इसी उत्तेजना से
वासना जगती है

सज-धज के निकल चुके हो
कहाँ जा रहे हो?
किस तृष्णा से मुख़ातिब[3] हो?
आख़िर तुम्हें क्या पाना है?
क्यों डरे-डरे हो?
किस कुतूहल से भरे हो?

आये थे तभी शून्य थे
जाओगे तभी शून्य होगे
शून्य में शून्य जोड़ दो
या शून्य से शून्य घटा दो
मुमकिन है कोई शून्य का मीनार रचेगा
फिर भी शेष तो शून्य ही बचेगा

जीवन तो यात्रा है
शून्य से शून्य की ओर
अनजान से अनजान की ओर
अगम्य से अगम्य की ओर
रहस्य से रहस्य की ओर।

हलन्त

कितने अभागे हैं?
कितने अधूरे हैं?
कितनी शिकनें हैं?
आधे बोध से भरे हैं
आधे निकम्मे हैं

कैसे उद्विग्न हैं?
कैसे अशान्त हैं?
पैरों में जिनके हलन्त हैं
हलन्त स्वरयन्त्र को पोला बना देता है
वर्ण स्वर रहित व्यंजन बन जाता है

हलन्त वह शमशीर है
जो वर्ण का निम्न अंग काट देती है
बेरहम, पूर्ण का अर्द्धांग छाँट देती है
विकलांग वर्ण परजीवी हो जाते हैं
सिलवट के कारण
गरिमा और गौरव खो देते हैं

अभागे वर्णों का नामोल्लेख
दीर्घ तो दूर ही रहा
ह्रस्व से भी आधा है
हलन्त का विघ्न
व्यक्ति स्वातन्त्र्य में बाधा है
यह पाश कब टूटेगा?
हलन्त का अभिशाप क्या वर्ण से हटेगा?

मैकशों की खोज

होश में अब कैसे रहें बोझ बनी है ज़िन्दगी

रंजिशों का तोहफ़ा ये बेरंग फ़जर[1] आया है
अश्कों के दरिया में चश्म का सूरज खोया है
रो-रो कर आँसुओं में डूब चुकी है ज़िन्दगी

हैरत भी है हैरानी है तनहाई-तनहाई
आकुल है व्याकुल है परेशानी-परेशानी
परेशानियों के अक्स[2] से परेशान है ज़िन्दगी

शौक़ से पीते हैं ना मर्ज़ी से हम जीते हैं
कैसे भूलें हम इसे कि बदतर जीवन जीते हैं
शौक़ कहीं बचा नहीं शोकाकुल है ज़िन्दगी

ख़ुशी के लिए ख़ुदकुशी को हम तैयार हो गये
मौत का इन्तज़ार है कफ़न में हम सो गये
जीना ये जीना नहीं अब हार गयी है ज़िन्दगी

सभी जो कहते हैं कल हम वही कहते थे
नशाख़ोरों के आलम से मीलों दूर रहते थे
नशा ही अब आशा है निराश हो गयी ज़िन्दगी

मैकदे में आ गये हम मैकश हो गये
ज़िन्दगी पे रो लिए हम नशे में खो गये
मैकदे में मैकशों की खोज बनी है ज़िन्दगी

---

1. सवेरा। 2. परछाईं।

वक़्त

सदियाँ देखी हैं तेरी आँखों ने ऐ वक़्त
सर ता पा[1] गुमान देखना चाहते हैं

तड़पते हैं चिराग़ ये बिना उजाले के
आतश[2] से जा कर लिपटना चाहते हैं

इम्तहाँ के लिए जी तैयार नहीं है
ग़मे-ज़िन्दगी को गँवाना चाहते हैं

ऐ ख़ुदा तू अब उठा ले हम को
मिटने से पहले सिमटना चाहते हैं

वक़्त की रंजिशों से बचना है मुश्किल
सितम की दुनिया से हटना चाहते हैं

क्या वक़्त तेरे भी क़ाबू में नहीं है?
रब से यही सवाल पूछना चाहते हैं

चमन के क़ातिल से अब न डरेंगे
वीराने को आदर से बुलाना चाहते हैं

हमारी रुख़सत पे न आँसू बहाना
हम मरज़ी से यहाँ से जाना चाहते हैं

---

1. सिर से पैर तक। 2. आग।

अब आईने की कुछ ज़रूरत नहीं है
तसवीर ख़ुद की बिगाड़ना चाहते हैं

बेहोश होने तक पीने दो हम को
हम आज बरबाद होना चाहते हैं

विरासत को वक़्त ने छीना है हमसे
अपने नाम की तख़्ती खोना चाहते हैं

गिर तो चुके हैं अब उठना नहीं है
आज मैख़ाने में ही सोना चाहते हैं

इस दुनिया से दूर जाना चाहते हैं
झूठ है कि हम पीना चाहते हैं

माँ

गुलशन-सी गोद में फिर से लोरी सुननी है
नन्हा-सा खिलौना फिर कहाँ से मैं लाऊँ माँ?

बचपन की वे बातें वे नन्ही नन्ही-सी यादें
तू मुझे बतलाती थी किस संग मैं खेलूँ माँ?

बड़ों की जो बस्ती है ये बस्ती बड़ी ख़राब है
किसे मैं छोड़ दूँ किस से रिश्ता जोड़ूँ माँ?

माटी के गारे से तूने पुतला तराशा था
कण-कण वह घुल रहा है क्या तुझे मैं बोलूँ माँ?

बेगानों में आ गया हूँ गर्दिश में मैं खो गया हूँ
पैर पूरे काँप रहे हैं कैसे ख़ुद को सँभालू माँ?

तूने जो दिखाई थी उसी राह पे चलता हूँ
जूगी राहें जब्त हुई हैं क्या विकल्प अब चुन लूँ माँ?

तेरी ममता की महक से घोंसला ये महकता है
तेरी याद आ जाये तो फुट-फुट कर रो लूँ माँ?

माँ तू आशीष देती है ताकत दुगनी होती है
तेरी प्रेरणा के बल पर आसमाँ को छू लूँ माँ

माँ तू ख़ुदा है तेरा प्यार सबसे जुदा है
चितवन पे जो राज़ है बोल कब खोलूँ माँ?

माँ मन्त्र तो अफ़सूँ है मन्त्र अनोखा भेषज है
पीड़ा जब जब होती है पुकार तेरी कर लूँ माँ

हँस लूँ माँ रो लूँ माँ जी भर के जी लूँ माँ
तेरे आँचल के साये में बेफ़िक्र मैं सो लूँ माँ

ज़िन्दगी

सपने जो हमने सजाये थे दिल में
उसे जुर्म क़रार दे दिया ज़िन्दगी ने

ग़ैरों से हमको कोई शिकवा नहीं है
ख़ुद-ब-ख़ुद ख़ुद को डुबोया ज़िन्दगी ने

विपरीत की बरख़ा बरसी है बरबस
माँगा उसे इनकार किया ज़िन्दगी ने

हाथ की लकीरें वहाँ न काम आयीं
लम्हों के मोती खोये ज़िन्दगी ने

मंज़िल की तलब में इतनी दूर आये
सफ़र का ज़फ़र न पाया ज़िन्दगी ने

परिन्दे के पर को घायल यूँ करके
आसमाँ के घर को बुलाया ज़िन्दगी ने

लौट कर मुस्कान न आयी लबों पर
बहार का मौसम गँवाया ज़िन्दगी ने

खोजा उसे खोया हाथ कुछ न आया
ये घाटे की ज़िन्दगी जिया ज़िन्दगी ने

महफ़िल में अंगूरी[1] के जाम पीते-पीते
ज़हर का पियाला पिलाया ज़िन्दगी ने

ज़रूरत नहीं है तीर-तरकशों की
तीर से किनारा किया ज़िन्दगी ने

उजालों की दीवाली मनाती थी दुनिया
शोक की रागिनी तब गायी ज़िन्दगी ने

इबादत की जिन को लियाक़त नहीं है
उन्हीं के आगे झुकाया ज़िन्दगी ने

शगूफ़े से मिल कर हँसना था हमको
औरों को हम पर हँसाया ज़िन्दगी ने

हम तो चले थे देखने को उजाला
क्या-क्या रंग दिखाये ज़िन्दगी ने?

---

1. अंगूर से बनी (शराब)।

आइना

अच्छी नज़र से देखो सच्ची नज़र से देखो
साक्षी नज़र से देखो उस निष्पक्ष आईने में

यह धूल पोंछ लो भाई धूमक[1] पोंछ लो
सफ़ाई के साथ झाँको दिल के आइने में

बत्तियाँ जला लो ये अँधियाला भगा दो
उजियाले में देख लो जगत् आइने में

आईना वही रहे ख़याल फ़कत बदल दो
रूप की निखार निहारो निजी आइने में

उमंग के उछाल में उत्सव का गुलाल हो
जिन्दा लाशों से कभी न मिलो आइने में

गुमान को विदा करो अभिगान को जुदा
पारदर्शी मूरत तभी तराशो आइने में

विवशता एक रोग है रुग्ण कई लोग हैं
भग्नता का इलाज अब खोजो आइने में

छेद-तड़ाक देख लो धब्बे-दाग़ देख लो
परछाईं को देख लो पड़ोस के आइने में

1. धुआँ।

प्यार बाँट दो सब के दर्द बाँट लो
साज-सिंगार भर दो संसार के आइने में

नक़ाब हटा दो असली नाम बता दो
सदाक़त[1] देख लो किसी भी आइने में

बचा लो आइने को बचा लो प्रतिमा को
ख़ुद को खोजना हो तो खोजो आईने में

हर शख़्स आइना है वह वक़्त आइना है
जी भर के जी लो देख कर आइने में

इस बार जो देखो तो नज़र के पार देखो
मुआइना कर लो जी झाँक कर आइने में

---

1. सच्चाई।

मुआइना

काटी-छाँटी परछाईं अवतल शीशे में देखो
फूला हुआ प्रतिबिम्ब उत्तल शीशे में देखो
ऐनक का पेशा तो है हेर-फेर
सच्चाई की तलब है तो आइने में देखो

आइना कहे तुम झूठे हो
सूरत कहे तुम झूठी हो
जाँच-पड़ताल से पता चला
नकाब खरा है शकल झूठी है।

शकल बना कर जानेवाला
शकल बदल कर लौट आता है
शकलों का हैं क्या भरोसा
शीशा भी इनसे धोखा खाता है

बिगड़ गयी तस्वीर आइना क्या करेगा
सँवरती नहीं तकदीर आइना क्या करेगा
चेहरे में खोट आइना क्या करेगा
नज़र है ख़राब तो मुआइना क्या करेगा

परिचय

सोनहिवरा, पहाड़ के माथे पे स्थापित एक चँबेदा यानी छोटा-सा गाँव। यहाँ की जनसंख्या आज भी हज़ार के बाहर नहीं है। भौगोलिकता के बारे में मज़ाक के तौर पर मैं कभी-कभी यूँ कहता हूँ कि 'जिन्हें गाँव कैसा नहीं होना चाहिए यह जानने की जिज्ञासा है उन्हें एक बार मेरे गाँव आना होगा'। जिन पुरखों ने इस भूमि पर पहला क़दम रखा और जिनके मस्तिष्क में इस प्रतिष्ठान पर घर बसाने की कल्पना उपजी, उन पे किसी को तरस न आ जाये तो ही विस्मय। प्रतीत होता है कि साम्प्रत या आनेवाली पीढ़ियों का ख़याल इनके मन में दस्तक भी न दे पाया।

गाँव अक़सर किसी नदी के किनारे होते हैं या किसी पहाड़ की गोद में। जलस्रोत तथा यातायात-मार्ग ये तो मूलभूत आवश्यकताएँ हैं। बाज़ार-हाट की ज़रूरत भी क्या कम मानी जाये? भौतिक साधन-संसाधनों का कुछ तो ख़याल करेंगे या नहीं? अपितु, यहाँ चारों तरफ़ देखने को मिलेगा सिर्फ़ असुविधाओं का दराज़ एकाधिकार। ख़ैर, जो भी हो, गाँव नियोजन शून्य क्यों न हो, जीवन कष्टप्रद क्यों न हो, इससे सुषम गाँव पूरे संसार में महत् प्रयास से भी मिलेगा नहीं। इस गाँव का मुक़ाबला अन्य कोई गाँव नहीं कर सकता। वैदिक क़ौम की मान्यतानुसार इनसान का पुनर्जन्म होता है। अगर ये धारणा वाक़ई सच है तो परमात्मा के प्रति मेरा अनुरोध है कि 'हे प्रभु, मुझे पुनः-पुनः इसी गाँव में जन्म दे'। यहाँ सब अनूठा है। वह ममत्व, वह अपनापन, वह सहजता, वह भोलापन, वह स्वाभाविक एवं प्रेमपूर्ण आचार कहीं और मिलना दुशवार है। ये ऐसी बातें हैं, जिनसे पूरी तृप्ति होना असंभव है।

वह आजाद हिन्दुस्तान के पुनर्निर्माण का प्रारंभिक पर्व था। दुर्गम बस्ती, जहाँ मेरे जन्म के साल-दो साल बाद ही एक मराठी पाठशाला शुरू हुई थी। उसी पाठशाला में किसी तरह चौथी तक की पढ़ाई पूरी हो गई। पाँचवीं के लिए छह-सात मील के अन्तराल पर अन्य गाँव के विद्यालय में मुझे दाख़िल किया गया, जहाँ पहली बार 'हिन्दी' तथा 'अंग्रेज़ी' इन दो अजनबी शब्दों से परिचय हुआ और साथ ही साथ उनकी वर्णमालाओं की रटन शुरू हुई। इस तरह जीवन में हिन्दी भाषा का अनायास आगमन हो गया।

सातवीं के बाद मुझे क़स्बे के विद्यालय में भर्ती किया गया। बारहवीं के पश्चात् कृषि विषय की शिक्षा के लिए कृषि विश्वविद्यालय भेजा गया। ग्रेजुएट होते ही कृषि अधिकारी की नौकरी भी मिली और देखते-देखते पदोत्तर शिक्षा भी पूरी हो गई। पी-एच. डी. का कार्य आरम्भ ही हुआ था, उसी दरमियान दूसरी नौकरी का नियुक्ति पत्र मिला और पढ़ाई का काम वहीं पे

रुक गया। नौकरी के सिलसिले में मुम्बई आ पहुँचा। अहोभाग्य से बिक्रीकर अधिकारी से लेकर क्रमशः वित्त मन्त्री के निजी सचिव, उप-मुख्यमन्त्री के निजी सचिव, महापालिका उप-आयुक्त और सिडको के मुख्य प्रशासकीय अधिकारी जैसे पदों पर काम करने के अवसर मिले।

अब तक मेरे द्वारा मराठी में दो उपन्यास और मकरन्द नामक एक कविता संग्रह प्रकाशित हुए हैं। मकरन्द की कविताओं पर आधारित एक एलबम भी एच. एम. वी. कम्पनी ने 'गार गार वारा' शीर्षक के साथ बाज़ार में रिलीज़ किया है।

❑❑❑